Renate Welsh

DIE ALTE JOHANNA

Roman

Renate Welsh

DIE ALTE JOHANNA

Roman

Czernin Verlag, Wien

Gedruckt mit Unterstützung der Stadt Wien, Kultur

Welsh, Renate: Die alte Johanna / Renate Welsh
Wien: Czernin Verlag 2021
ISBN: 978-3-7076-0724-6

© 2021 Czernin Verlags GmbH, Wien
Lektorat: Karin Raschhofer-Hauer
Autorinnenfoto: Christopher Mavrič
Umschlaggestaltung und Satz: Mirjam Riepl
Druck: GGP Media GmbH
ISBN Print: 978-3-7076-0724-6
ISBN E-Book: 978-3-7076-0725-3

Alle Rechte vorbehalten, auch das der auszugsweisen Wiedergabe
in Print- oder elektronischen Medien

Vorwort

Sie wurde meine Nachbarin, als mein Vater 1965 das völlig verwahrloste alte Bauernhaus bei einer Versteigerung kaufte mit dem Auftrag »Machts was draus«. Es ging ihm vor allem um einen Ort, wo seine Enkel barfuß herumlaufen konnten. Ich stürzte mich voll Begeisterung, aber ohne die geringste Ahnung und ohne die nötigen Mittel in die neue Aufgabe und war mehr als dankbar, wenn die Nachbarin herüberkam und mir einen Handgriff zeigte oder einen Rat gab.

Sie war so ungeheuer kompetent in allen Dingen, es ging eine Sicherheit von ihr aus, die ich nur bewundern konnte. Es schien mir, dass ihr jeder Zweifel fremd und sie völlig eins war mit ihrer Rolle als Mittelpunkt einer großen Familie, und ich beneidete ihre Töchter um diese Mutter.

In meiner Erinnerung haben Gespräche lange Zeit vor allem auf den Besen gestützt beim Straßenkehren stattgefunden – in unserem Dorf musste jahrelang jede Hausfrau vor der eigenen Tür kehren, genauer gesagt den eigenen Gartenzaun entlang. Als ich noch neu im Dorf war, machte ich einmal den Vorschlag, die zwei Nachbarinnen könnten doch zu mir ins Haus auf einen Kaffee kommen, nachdem wir bestimmt schon eine Viertelstunde lang jede auf ihren Besen gestützt getratscht hatten. Das wurde jedoch entrüstet abgelehnt, dafür hätten sie nun wirklich keine Zeit.

Es muss im Frühsommer 1968 gewesen sein, dass ich meine Nachbarin fragte, ob sie mit mir nach Gloggnitz einkaufen fahren wolle. Da müsse sie sich erst anziehen, sagte sie. Ich hatte es eilig, meinte, das sei doch nicht nötig, ich würde mich sicher nicht umziehen, sondern fahren, wie ich war.

Sie musterte meine Arbeitsjeans und den labbrigen Pullover. »Sie können sich das leisten, ich nicht«, sagte sie mit einer Endgültigkeit, die keinen Widerspruch duldete.

An den Satz und an mein Erschrecken erinnere ich mich genau, ich sehe sie und mich vor ihrer Haustür stehen, sehe, wie sie sich abwendet.

Der Satz zwang mich darüber nachzudenken, warum sie ihre Fenster öfter putzte als andere Frauen, warum sie nie anders als mit sauberer Kleiderschürze durchs Dorf ging, warum ihr Hof immer makellos gefegt sein musste. Seltsam ist, dass ich keine Erinnerung daran habe, wann sie mir zum ersten Mal ihre Geschichte erzählte, obwohl alle Einzelheiten dieser Geschichte in mein Gedächtnis eingeschrieben sind.

Sie war das uneheliche Kind einer Bauernmagd, die das uneheliche Kind einer Bauernmagd war, die das uneheliche Kind einer Bauernmagd war, aufgewachsen bei Pflegeeltern, die gut zu ihr, aber selbst arm waren. Nach Beendigung der Schulpflicht wollte sie eine Lehre machen, am liebsten als Schneiderin, die Gemeinde teilte ihr mit, das wäre nur dort möglich, wo ihre Mutter »zuständig war«. Im Glauben daran, dass etwas lernen vielleicht so gut wäre wie etwas haben, entschied sie sich wegzugehen, obwohl sie Angst davor hatte. Die Fürsorgerin lieferte sie im Gloggnitzer Armenhaus ab, wo der Armenrat ihre Zähne inspizierte, ihre Armmuskeln betastete und zufrieden feststellte: »Mager, aber zäh. Du bist also meine Dirn.« Sie versuchte sich zu wehren, erklärte, man hätte ihr doch versprochen, hier könne sie eine Lehre machen. »Das wäre ja noch schöner«, entrüstete er sich, »wenn ledige Kinder schon was wollen dürften!« Seit dieser Satz sie verletzt hatte, waren mehr als dreißig Jahre vergangen, dennoch war die Narbe noch nicht völlig zugeheilt.

Ich schnappte nach Luft. Gleichzeitig mit meiner Nachbarin sah ich meine acht Jahre ältere Schwester, die es nie verwunden hatte, dass mein Vater sich zwar zu ihr bekannt, ihr aber nicht seinen Namen gegeben hatte, die sich ihrer Mutter geschämt, sie verleugnet und später verzweifelt versucht hatte, dafür Abbitte zu leisten.

Wenn ledige Kinder schon was wollen dürften. Wenn man einem Menschen das Recht abspricht, etwas zu wollen, was bleibt da übrig? Ich begann zu ahnen, was meine Nachbarin zwang, sich und der Welt etwas zu beweisen. Wenn jemand Grund hatte, etwas zu beweisen, dann ganz gewiss nicht sie.

Dieser starken Frau, die ich bewunderte, von der ich so viel gelernt hatte, saß ihre Geschichte als Last im Nacken. Langsam entstand der Wunsch, ich könnte ihr das, was ihr widerfahren war, so zurückgeben, dass sie erkannte, wie stolz sie sein musste auf das, was sie aus dem Rohmaterial ihrer Erfahrungen gemacht hatte.

Ich begann zu recherchieren, erfuhr bald, dass ihre Geschichte auch die vieler anderer Frauen ihrer Generation war. Nie werde ich vergessen, wie mir eine Sechsundsiebzigjährige mit perfekt sitzenden drei weißen Locken links, drei weißen Locken rechts, hellgraues Twinset, die Füße genau parallel nebeneinander, die Hände im Schoß gefaltet, erzählte, wie sie mit 14 Jahren zu Fuß aus ihrem Heimatdorf in Niederösterreich zum Verein Christlicher Hausgehilfinnen in Wien gegangen war, wo ihr eine vornehme Dame eine Stellung angeboten hatte. Gleich in der ersten Nacht war der Sohn des Hauses in ihrer Kammer neben der Küche gestanden, es war ihr gerade noch gelungen ihn abzuwehren. Am Morgen hatte sie vor Scham und Verzweiflung stotternd die Dame des Hauses um einen Schlüssel gebeten. Die war empört gewesen: Was sie sich einbilde, warum stelle man überhaupt ein braves Mädel vom Land an? Irgendwo müssten die jungen Herren doch lernen!

Ich fragte meine Nachbarin, ob sie damit einverstanden wäre, wenn ich ein Buch über sie zu schreiben versuchte. Sie schüttelte den Kopf, zeigte auf die Bilder meiner Vorfahren in unserem Wohnzimmer. »Wer aus einer solchen Familie stammt, kann nie verstehen, wie es einer geht, die da herkommt, wo ich herkomme.« Ich war tief gekränkt, glaubte ich doch sehr gut zu wissen, wie es ist, sich nirgends zugehörig zu fühlen, immer anzuecken, ich wollte nicht daran erinnert werden, dass ich letztlich doch privilegiert war.

Einmal erzählte sie, dass die Dienstmägde die Kühe bis Allerheiligen barfuß hüten mussten. Kurz danach kam der Rauchfangkehrer sehr zeitig am Morgen zu mir. Wir hatten noch einen schliefbaren Kamin und nur eine wackelige Leiter. Ich hatte die halbe Nacht an einer Übersetzung gearbeitet und verschlafen, meine Hündin hatte wieder einmal sowohl meine Schuhe als auch meine Pantoffel versteckt, also musste ich in Socken die Leiter halten. Die Kälte tat weh, nicht nur in den Fußsohlen, der Schmerz stieg bis hinauf in die Zähne und in die Kopfhaut. Wenn die Mädchen damals gesehen haben, wie ein Kuhfladen in der kalten Luft dampft, dann war Ekel sicher ein Luxus, den sie sich nicht leisten konnten, dachte ich, sie sind bestimmt hineingestiegen und haben es genossen, die Zehen wieder bewegen zu können. Sobald der Rauchfangkehrer gegangen war, machte ich mir eine Notiz. Noch am selben Nachmittag kam meine Nachbarin herüber, weil ihr der Essig ausgegangen war. Ich hatte gerade Kaffee gekocht und bot ihr eine Tasse an. Plötzlich lachte sie. »Wenn Sie wüssten, was wir beim Hüten getan haben, würden Sie nicht die Füße mit mir unter einen Tisch stecken. Da würde Ihnen ja grausen vor mir.« Ich sprang auf und holte meinen Notizzettel.

»Wer hat Ihnen das gesagt?«

»Niemand.«

»Woher wissen Sie's dann?«

»Ist mir logisch vorgekommen.«

Sie sah mich zweifelnd an. Wir schwiegen beide. »Na gut«, sagte sie, »wenn Ihnen das logisch vorkommt, dürfen Sie auch ein Buch über mich schreiben.« Von da an war sie bereit, alle meine Fragen zu beantworten.

Als ich versuchte, die private Geschichte in einen größeren Zusammenhang zu stellen, wurde mir klar, dass die zwanzig Jahre zwischen 1918 und 1938 so gut wie totgeschwiegen wurden, weil eine ehrliche Auseinandersetzung damit den Mythos von Österreich als unschuldigem ersten Opfer Hitlers infrage gestellt hätte. Ich recherchierte, las Zeitungen aus der Zeit. Bald erkannte ich, wie sinnlos es war, meine Nachbarin nach Ereignissen zu fragen, die nicht in der unmittelbaren Umgebung geschehen waren. Sie hatte keine Zeitung lesen, kein Radio hören dürfen, Nachrichten drangen nur durch den Filter des Dorftratsches zu ihr durch. Also musste ich Lokalnachrichten suchen und fand schließlich im Keller eines Heimatmuseums in den Blättern von Pfarren, Gewerkschaften, Brieftauben- und Kaninchenzüchtern sowie Lokalzeitungen nicht nur Material für meine Arbeit an Johannas Geschichte, sondern zu meinem Erstaunen in einem Fahndungsblatt mit dem Titel »Gritzner, auch deine Stunde kommt!« auch einen unerwarteten Gruß von meinem eigenen Ururgroßvater, der 1848 als Revolutionär in absentia zum Tode verurteilt worden war.

»Ich hätte so gern was gelernt«, sagte meine Nachbarin oft. Vielleicht war das der Unterschied zwischen ihr und vielen anderen. Sie war hungrig nach Wissen und neugierig bis zuletzt. Darüber hinaus hatte sie eine ganz erstaunliche Menschenkenntnis und aus dieser heraus einen untrüglichen Sinn für Anmaßung. Wenn wir beispielsweise Gäste hatten, die sie auch nur kurz gesehen hatte, gab sie Kommentare ab, die sich spätestens im Nachhinein als mehr als treffend erwiesen, selbst wenn ich sie zunächst als allzu kritisch abgelehnt hatte.

Bevor ich das Manuskript im Verlag ablieferte, wollte ich es meiner Nachbarin zeigen. Sie lehnte ab. »Ich hab es leben müssen, was soll ich es lesen auch noch!«

Ihre Familie las das Buch sehr bald nach Erscheinen und sie freute sich, als sie erlebte, wie ihre Enkeltöchter ihre Geschichte verstanden und ihr Mann zu mir sagte: »Vor dreißig Jahren hätten Sie das schreiben müssen, da wäre ich ihr ein besserer Mann gewesen.«

Sie blieb bei ihrer Weigerung. Erst nach dem Tod ihres Mannes sah ich sie eines Tages mit dem Buch in der Hand im Hof sitzen. Wie eine trächtige Katze schlich ich um sie herum, traute mich nicht sie anzusprechen. Schließlich hatte ich darin auch eine Protagonistin erfunden, weil ich sie brauchte als Gegengewicht zu einer anderen. Ihr einziger Kommentar war: »Ich weiß nur nicht, wieso du auch das geschrieben hast, was ich dir nicht erzählt habe.« Ein paar Jahre später sagte sie dann: »Wir müssten einen zweiten Band schreiben, der hört ja auf, noch bevor meine Älteste auf die Welt gekommen ist.«

Wir müssten ihn schreiben. Nicht: *Du* müsstest ihn schreiben. Ich zögerte, Fortsetzungen sind gefährlich, auch war ich in andere Projekte verstrickt.

Vor zehn Jahren ist sie gestorben, das Dorf hat seine Mitte verloren, eine Mitte, die am unteren Rand des Dorfes lag, knapp vor der Kurve, nach der die einzige Straße als Schotterweg über die Felder führt. Wenn ich mit den Nachbarn rede, fällt sehr bald ein Satz, von dem alle wissen, dass er von ihr stammt, jemand fragt, was sie zu dieser oder jener Sache wohl sagen würde, und alle nicken. Sie lebt nicht nur in ihren Kindern und Enkelkindern.

Als ich wieder einmal über sie nachdachte, schrieb ich den Satz: *Sie hat bewiesen, dass ein Mensch mehr sein kann als die Summe dessen, was ihm widerfahren ist.* Das ist zu kurz gegriffen, wie wahrscheinlich jeder Versuch, einen Menschen zu definieren. Sie war klug, großzügig, lebendig, stur, unbequem, neugierig, offen. Man konnte lachen mit ihr. Nie werde ich vergessen, wie wir nach einem ungeplanten Silvesterfest bei ihr auf dem Betondeckel ihrer Senkgrube Donauwalzer tanzten. Wir waren stolz darauf, dass sie uns mochte.

Ein Kind, das im Herzen seiner Eltern keinen Platz findet, findet auch keinen Platz in der Welt, schrieb Anna Freud. Ich glaube daran, dass es immer wieder Menschen gibt, die nebenbei und ohne zu suchen einen Platz für sich finden, indem sie Platz für andere schaffen. Sie hätte natürlich nur gelacht über eine solche Erklärung und gesagt, dass sie immer nur getan hat, was gerade notwendig war, »Du kannst schließlich Leute nicht wegschicken, wenn sie vor deiner Tür stehen«. An ihrer Selbstverständlichkeit konnten Herausforderungen auflaufen, egal wie unzumutbar sie sich gebärdeten.

Ich habe also die Herausforderung angenommen, über die alte Johanna zu schreiben, trotz aller Bedenken. Ich habe versucht zu formen, was in ihren Erzählungen für mich gegenwärtig wurde, was ich beobachtet habe, was ich zu verstehen glaubte. Eine chronologische Ordnung habe ich nicht gesucht, Erinnerung geht ihre eigenen Wege. Für die Ordnung war sie zuständig, gegen diese Konkurrenz wäre ich nie angetreten.

Johanna fühlte sich fremd. Nicht, dass ihr etwas fehlte, im Gegenteil, sie hatte, was sie brauchte und mehr, die Tochter kümmerte sich um alles, nie in ihrem langen Leben war sie verwöhnt worden wie jetzt.

Die Tochter hatte ihr ein schönes Zimmer eingerichtet, mit einem dreiteiligen Schrank, in dem sie ihre privaten Dinge genau so verstaut hatte wie daheim in ihrem Haus: die Pullover Kante auf Kante ordentlich gefaltet, Unterwäsche, Nachthemden, Handtaschen, Schals und Tücher in einem eigenen Fach, ebenso die Strümpfe. Blusen, Kleider, Jacken und Mäntel an Bügeln, ebenso die Kittel für die Küche. Alles war schon richtig geordnet gewesen, als sie das Zimmer zum ersten Mal betrat, an der Wand die Fotografie von ihrem achtzigsten Geburtstag mit ihren Kindern, Schwiegerkindern und Enkelkindern und den Kindern der Ziehschwester aus dem Burgenland dazu, und auf dem Nachttisch stand das Bild von ihr und Peter an ihrem 25. Hochzeitstag neben einer schmalen blauen Vase mit einer Rose darin. Martha hatte den Schrank aufgemacht und gefragt, ob alles richtig war, und sie hatte nur nicken können.

Als sie jung war, hätte der Besitz der gesamten Familie in diesen Schrank gepasst und es wäre noch Platz frei geblieben. Zwei Erwachsene, acht Kinder und nur ein Verdiener, das hieß sparen an allen Ecken und Enden, das hieß, alles selbst machen, jedes Brösel einsammeln, jeden Rest verwerten, jeden Flicken aufheben, jeden verbogenen Nagel gerade klopfen, jeden Bleistiftstummel aufheben, jede Hose, jedes Hemd flicken, jeden Pullover auftrennen, die Wolle über ein

Schneidbrett gewickelt trocknen lassen, damit sie sich nicht kräuselt, nur nichts fallen lassen, jeden Groschen dreimal umdrehen. Manchmal fragte sie sich, wie sie es geschafft hatte. Acht Kinder, eine kranke Schwiegermutter, eine Kuh, ein Schwein, ein paar Hühner, später eine Ziege, ein Dutzend Kaninchen. Wasser hatte sie vom Brunnen im Hof geholt, manchmal musste sie lange pumpen, wenn die Bauern im Vorübergehen ihre Kühe getränkt hatten. Wie oft hatte sie vor Erschöpfung Mühe gehabt, aufzustehen, um ins Bett zu gehen, wenn sie sich endlich niedergesetzt hatte. Jetzt sollte sie sich zum gedeckten Tisch setzen.

»Ruh dich aus, du hast genug gearbeitet«, sagte die Tochter.

Ausruhen. Wie machte man das? Wahrscheinlich musste man es lernen, so wie man alles lernen musste. Ruhe. Schon das Wort klang seltsam in ihren Ohren. *Ruhe sanft! Ruhe in Frieden!* stand in goldenen Buchstaben auf Grabsteinen. Gib endlich Ruh'!

Hatte sie nicht immer geklagt, dass sie keine Zeit hatte? Jetzt schien ihr die Zeit wie ein Teig, der an den Fingern klebte, nein, schlimmer, es kam ihr vor als wäre sie in einen Topf voll Kleister gefallen oder an einem Fliegenfänger hängen geblieben.

In den Küchen im Dorf waren früher Klebebänder gehangen voll mit toten Fliegen. Manche Fliegen versuchten noch, mit den Flügeln zu schlagen, um sich zu befreien. Bei ihr hatte es das nicht gegeben. Sie hatte die Fliegen im Flug erwischt mit einer schnellen Handbewegung. Auch jetzt noch entkam ihr selten eine. Es gab aber nicht mehr so viele Fliegen, seit nur mehr ein einziger Bauer Kühe im Stall stehen hatte. Darum sah man auch kaum mehr Schwalben im Dorf.

Der Sohn ihres Ältesten ließ jetzt das Haus renovieren, in das sie geheiratet hatte vor so langer Zeit, das Haus, in dem sie sieben Kinder geboren hatte. Nur die jüngste Tochter war im Krankenhaus zur Welt gekommen. Der Herr Primar war an der Spitze eines Rattenschwanzes von jungen Ärzten in den Kreißsaal geschritten, diese Lehrbuben hatte sie gleich weggeschickt, bei ihr könnten sie nichts lernen, das sei ihr achtes Kind, das schaffe sie ganz allein. Auf dem zweiten Bett hatte sich eine junge Frau die Seele aus dem Leib geschrien und den Mann verflucht, der sie in diese Situation gebracht hatte.

Wie konnte eine Frau so dumm sein, die Kraft zu vergeuden, die sie doch für die Arbeit des Gebärens brauchte? Je älter Johanna wurde, umso öfter stellte sie fest, dass manchen Leuten wirklich nicht zu helfen war. Es gab solche und solche, das hatte sie schon immer gesagt, aber leider mehr solche.

Gebären war Arbeit, ziemlich schwere Arbeit. Sterben übrigens auch. Beim Einen wie beim Anderen taten sich manche schwerer als andere. Am schwersten taten sich die, die immer glaubten, sie müssten überall das Sagen haben, das hatte sie schon oft festgestellt. Man musste lernen, die Dinge geschehen zu lassen, dann wurden sie zwar auch nicht unbedingt leichter, aber erträglich.

Alles hatte sie zurückgelassen, die Möbel, das Geschirr, den ganzen Hausrat, die Jungen hätten einfach einziehen können, aber das wollten sie nicht, natürlich nicht, die Zeiten hatten sich geändert. Sie wollte gar nicht daran denken, wie froh sie über ein solches Angebot gewesen wäre als junge Frau. Manches war besser geworden, vieles sogar, aber nicht alles, alles wirklich nicht. Und das betraf nicht nur sie und die Tatsache, dass sie manchmal drei Anläufe brauchte, um auch nur aus dem Sessel aufzustehen. Manchmal war sie wütend auf diesen alten Körper, der sie vor den Leuten blamierte. Sie hasste es, wenn er sie im Stich ließ. Ihr Leben lang hatte sie sich auf sich selbst verlassen können.

Wie still es hier war. Kein Traktor tuckerte, keine Kreissäge kreischte, kein Rasenmäher röchelte. Kein Hundegebell, keine quietschende Tür, kein Schrittegetrappel vor ihrem Fenster. Selten fuhr ein Auto vorbei.

In ihrer Küche zu Hause hatten sich die Besucher die Klinke in die Hand gegeben. Manchmal war sie auf der Eckbank eingeschlafen und war hochgeschreckt, weil jemand ihr gegenübersaß und ihr beim Schlafen zuschaute.

Wer keine Freunde hat, ist arm.
Dies Haus ist reich.

Der Spruch war, auf Stramin gestickt, in einem Rahmen, den Peters Vater geschnitzt hatte, über der Tür zwischen Vorhaus und Küche gehangen. Peter hatte den Rahmen in Ehren gehalten. Sie hätte ihn mitnehmen sollen. Es wäre nicht recht, wenn er im Müll landete.

In ihrem eigenen Haus hätte sie jetzt Kaffee aufgesetzt. Ihr Leben lang hatte sie gekocht, hatte sie im Herd Feuer gemacht, auch bei Niederdruckwetter, wenn der Kamin nicht ziehen wollte, ihr war es immer gelungen, eine ordentliche Glut zustande zu bringen. Warum sollte sie das jetzt nicht mehr können?

Mehr als einmal hatte Martha ihr den Wasserkessel aus der Hand genommen, sie war wütend in ihr Zimmer gegangen. Was sollte das? *Messer, Gabel, Scher' und Licht sind für alte Weiber nicht,* oder was? Die Tochter meinte es gut, das wusste sie, natürlich wusste sie das, nur bedeutete es noch lange nicht, dass sie damit einverstanden sein musste!

Zugegeben, sie war zweimal gestürzt, hatte sich das Hüftgelenk gebrochen. Unfälle passierten eben, passierten auch Jüngeren. Sie hatte sich ja auch drein gefügt, zur Tochter zu ziehen, zu dieser Tochter, die ihr von allen Kindern am ähnlichsten war und doch auch wieder ganz anders. Wie war denn das möglich, ganz ähnlich und ganz anders zugleich? Möglich war es nicht, aber wahr.

Sie hatte nicht gedacht, dass es so schwer werden würde. Es ging ihr gut, sie hatte keinen Grund zur Klage und beklagte sich auch nicht. Jammern und Raunzen war nie ihre Sache gewesen, das hatte sie anderen überlassen, die nichts Besseres zu tun hatten. Sie hatte nur nicht gewusst, wie sehr sie ihr Haus vermissen würde.

Das Haus am Rande des Dorfes, am unteren Ende. Eigentlich lächerlich, dass es bei einem so kleinen Dorf ein oberes und ein unteres Ende geben sollte, und doch war es so. Oberhalb der Hollerstaude gegenüber der winzigen Kapelle waren die Besseren, unterhalb war das rote Gesindel. Heute wollte natürlich keiner mehr davon wissen, dass er das gesagt hatte, oft und oft. »Haben nichts, sind nichts, aber jedes Jahr ein Kind!« Sie straffte sich. Acht Kinder, jawohl, acht Kinder hatte sie geboren, und stolz war sie auf jedes von ihnen. Alle hatten sie ihren Weg gemacht, die Töchter genauso wie die Söhne.

»Aus denen kann nichts werden«, hatte der Direktor der Volksschule gesagt, »bei der Familie! Ich bitte Sie, hat doch keinen Sinn, einen von denen in die Hauptschule zu schicken.« Also waren alle acht Kinder in die Volksschule gegangen, acht Jahre lang. Mehr war nicht drin, mehr konnten sie sich nicht leisten.

Dreißig – oder waren es vierzig, vielleicht sogar fünfzig? – Jahre später bekam ihr ältester Sohn den Titel »Professor«

verliehen, und wer stand da unter den Gratulanten, weniger Haare auf dem Kopf, aber immer noch mit durchgedrücktem Steiß? Nicht aufhören konnte er, ihr die Hand zu schütteln. »Ich habe ja immer schon gewusst, dass in Ihrem Sohn etwas Besonderes steckt, und ich bin stolz darauf, sein erster Lehrer gewesen zu sein.« Es war ihr auf der Zunge gelegen, ihn daran zu erinnern, was er wirklich gesagt hatte. Den ganzen Weg nach Hause hatte sie sich geärgert, dass sie es nicht getan hatte. Hatte nur ihre Hand zurückgezogen und sich die Nase geputzt.

Nie hatte er Zeit, der Sohn, kam immer nur für ein paar Minuten, hatte hier eine Probe, dort eine Veranstaltung in der Musikschule oder als Hornist, und seit er nicht mehr im Orchester spielte, hatte er noch mehr zu tun als früher. In seinem großen Haus machte er jede Reparatur selbst, tischlerte, tapezierte, malte, sogar Schmiedearbeiten schaffte er, und seit Kurzem hatte er auch noch die Pflege seiner Schwiegermutter übernommen. Es gab einfach nichts, wo er nicht Hand anlegte, und was immer es war, tat er mit vollem Einsatz, als hinge sein Leben davon ab.

»Nur für seine Mutter hat er keine Zeit«, murmelte sie.

»Hast du was gesagt, Mama?«, rief die Tochter aus der Küche.

»Ich? Nein.«

Das wäre ja noch schöner! Wie hieß es doch? Eine Mutter kann sechs Kinder versorgen, sechs Kinder können eine Mutter nicht versorgen. Nein, dachte sie, ich bin ungerecht. Ich mag mich nicht versorgen lassen. Ich versorge lieber. Es schauderte sie bei dem Gedanken, sie könnte jemals so abhängig werden wie die Schwiegermutter ihres Sohnes, nackt und hilflos daliegen vor einem anderen Menschen.

Wie hatte sie diese Frau beneidet um ihre Stellung, um die Selbstverständlichkeit, mit der sie annahm, dass die guten Dinge ihr gebührten, ihr, der Tochter aus gutem Haus. Es hatte eine Zeit gegeben, da hatte die Frau ihren Schwiegersohn spüren lassen, dass er nicht gerade die erste Wahl für ihre Tochter gewesen war. Jetzt war er es, den ihre flackernden Blicke suchten, der Einzige, der sie beruhigen konnte, wenn die große Angst sie in den Krallen hatte. Es gab weiß Gott keinen Grund mehr, mit ihr tauschen zu wollen. Hilflos sein war ohnehin das Schlimmste, und dazu kam noch, dass ihr einziger Sohn, ihr verwöhnter Liebling, sich nicht blicken ließ, seit er Pleite gemacht hatte. Vielleicht hatte er einen Rest Anstand und schämte sich vor seiner Mutter, dabei war das ohnehin für die Katz, denn die bekam nichts mehr mit und hielt ihn immer noch für den Größten, diesen Trottel, der seine Zigarren mit Hunderternoten angezündet und seine Schulden nicht bezahlt hatte.

Es ist doch komisch, dachte Johanna, meine Schwiegertochter ist aufgewachsen in einem großen Haus, sie hat studieren dürfen und war eigentlich doch ein armes Mädel, die eigene Mutter hat sie nicht gemocht. Wenn sie heute zu ihr ins Zimmer kommt, fragt die, wer die fremde Person ist, und waschen lässt sie sich überhaupt nur von meinem Buben, der ihr nicht gut genug war als Schwiegersohn.

Johanna blickte hinaus in den Garten ihrer Tochter.

Ihr Hof daheim war bestimmt voll von herabgefallenen Blättern. Sicher wuchsen Löwenzahn, Hühnerdarm, sogar Disteln ungestört zwischen den Kieseln. Ihr Hof, den sie Tag für Tag gekehrt hatte, der sauberer war als gewisser Leute Küchenboden. Es juckte sie in den Fingern, aufzustehen und einen Laubrechen in die Hand zu nehmen. Aber die

Tochter würde sofort schimpfen, und abgesehen davon war der Garten hier sowieso in bester Ordnung. Das hatten die Töchter von ihr gelernt, eine wie die andere, nicht einmal die ärgsten Schandmäuler hätten ihnen etwas nachsagen können.

Diese Unruhe in ihr, diese schreckliche Unruhe.

Ihr Blick fiel auf das Foto an der Wand, das die Tochter hatte rahmen lassen. Mit sechs Kindern sitzt sie da auf den Balken, die nach dem Brand vom Dachstuhl ihres Hauses übrig geblieben waren. Hätte man das nicht gewusst, würde man glauben, es handle sich um ein Bild von einem vergnügten Sonntagsausflug, eine strahlende junge Mutter mit sechs hübschen blonden Kindern an einem Frühlingstag. Die Frieda, der Thomas, die Bärbel, der Bernhard, der Klaus, die Martha. Die Linda ist noch in ihrem Bauch und die Ulli nicht einmal das. Das Kleid, das sie trägt, hat sie sich von einer Nachbarin für das Foto ausgeborgt, man will sich ja nicht genieren, die Kleider der Mädchen hat die Pürklmutter aus den abgelegten Sachen irgendwelcher Leute gezaubert. Die Haare der Kinder glänzen frisch gewaschen in der Sonne. Wie fröhlich sie aussehen.

Die Pürklmutter. Die kleine, gehörlose Frau wohnte mit ihrem ebenfalls gehörlosen Mann und den vier Töchtern im Hinterhaus. Nachdem ihr Mann gestorben war und die Pürklmutter zu einer ihrer Töchter ins Tal gezogen war, merkte man erst, wie nass die Wände waren. Die Ziegel zerbröselten richtig, wenn man sie nur antupfte. Aber solange Tag und Nacht Feuer im Herd gebrannt hatte, war die kleine Wohnung ein freundlicher Ort gewesen. Der Pürklvater hatte das Schusterhandwerk bei Peters Vater gelernt, so waren sie wohl auf den Hof gekommen. Anfangs war Johanna der große schweigsame Mann fast unheimlich gewesen, doch hatte sie sich bald an ihn gewöhnt, er doppelte die Schuhe ihrer Kinder, auch wenn sie nicht zahlen konnte. Die meiste Zeit zog er sich in das winzige Stübchen zurück, wo er Roseggers Waldheimat in allen Einzelheiten aus Zündhölzchen baute und Roseggers Hut und Spazierstock in hohen Ehren hielt. Frau und Töchter waren ständig bemüht, es ihm in allen Dingen recht zu machen, sie hatten großen Respekt vor seiner Bildung. Die hatte er sich selbst erobert, die war ihm nicht geschenkt worden. Gar nichts war ihm geschenkt worden. Mit sieben oder acht Jahren hatte ihn sein Vater im Suff so lange auf den Kopf geprügelt, erzählten die Leute, bis er sein Gehör verloren hatte. Die Pürklmutter war von Geburt an taub, eine gute Schneiderin war sie, eine vorzügliche Köchin, vor allem aber die Einzige im Dorf, die wirklich zuhören konnte, auch wenn das verrückt klang.

Zuhören, das konnte die Pürklmutter, zuhören mit dem ganzen Körper. Wenn sie zuhörte, veränderte sich ihre Haltung, in ihrem kleinen Gesicht führten die Falten ein eigenes Leben. Es kam auch auf die Tonlage an: Ihre Enkelin, die jahrelang bei den Großeltern gelebt hatte und als Erwachsene Lehrerin für Gehörlose wurde, verstand sie öfter als alle anderen.

Wie oft hatte sich Johanna vorgenommen, die Pürklmutter zu besuchen, nachdem sie ausgezogen war. Nie hatte sie sich aufgerafft, immer war etwas dazwischengekommen, und dann war es zu spät. Schön war das Begräbnis der alten Frau gewesen, so viele Leute, herrliche Blumen. Sterben hatte sie müssen, um so viele Blumen zu bekommen.

Plötzlich stand Marthas Sohn Jakob vor Johanna. »Oma, hast du geschlafen?«

»Wieso?«

Wie ähnlich er seinem Großvater sah, besonders wenn er lachte wie jetzt. Die Tochter brachte Kaffee und Kuchen, später kamen noch die jüngste und die zweitälteste Tochter dazu. Johanna stellte wieder einmal fest, dass die Töchter von Monat zu Monat undeutlicher redeten, aber sie klagte nicht darüber, es störte sie nicht besonders, wenn sie nur zum Teil verstand, was gesagt wurde. Die freundliche Stimmung genügte, hin und wieder ein Wort, das klar aus dem Gemurmel hervortauchte, ein Lachen, das die Runde machte.

»Ob du am Sonntag zu uns kommen magst, hab ich gefragt? Grillen.«

»Nur wenn du mich abholst.«

Mit den Augen seines Großvaters zwinkerte er ihr zu.

Wenn sie den Enkel anschaute, konnte die Trauer um ihren Mann sie überfallen, als wären nicht mehr als zwanzig Jahre seit seinem Tod vergangen, gleichzeitig schob sich die Erinnerung an den hilflosen Kranken, der ihr Mann in seinem letzten Jahr gewesen war, vor den Anblick seines kraftstrotzenden Enkels, und sie legte die Hände ineinander. Es ist gut, wie es ist, murmelte sie tonlos.

Zwischen Schlaf und Wachen sieht sie ihren Mann vor sich. In der sonnigsten windgeschützten Ecke im Hof, zwischen Hausmauer und Schuppen, liegen, auf einem alten Leintuch angeordnet, sämtliche Teile seines alten Mopeds, säuberlich gereinigt und geölt. Wie immer watschelt sein kleiner Schatten mit Windelhintern hinter dem Opa her, natürlich will er wissen, was da los ist. »Das Moped ist krank.« Der Bub marschiert ins Schlafzimmer, so schnell kann sie gar nicht schauen, holt das Babypuder vom Wickeltisch und beginnt, die Teile des Mopeds einzustauben. »Moped wehweh«, erklärt er dazu. Zornbebend hebt Peter den Kleinen am Hosenbund hoch, schleppt ihn in die Küche und überreicht ihn ihr. »Da hast du deinen Enkel!« Sooft das Bild in ihr aufsteigt, muss sie kichern. Die unterdrückte Wut ist ihm ins Gesicht geschrieben, sein Moped ist sein Heiligtum, aber den Enkel würde er nie anrühren.

Dein Enkel. Dieses eine und einzige Mal hat er nichts mit diesem Kind zu tun haben wollen. Noch am selben Abend hockt Jakob wie immer neben dem Großvater in der Werkstatt, schlägt mit seinem kleinen Hammer riesige Nägel in den Hackstock. Oft fürchtete sie, er würde sich in die Zunge beißen, die zwischen den Zähnen hervorkriecht wie eine rosarote Schnecke, wenn er sich ganz auf seine Arbeit konzentriert.

Jakob, den Peter immer Sepperl nennt, so wie er zu Sophie, Lindas Tochter, Sopherl sagt. Die beiden sind ihm von allen Enkelkindern die nächsten. Ihr ja auch, wenn sie ehrlich ist. Sie sind die, die bei ihr und Peter gelebt haben, solange sie klein waren. Die Leute sagen, eine Mutter liebt alle ihre Kinder gleich. So ein Unsinn. Wie kann sie alle Kinder gleich lieben, wenn doch jedes anders ist? Da muss sie doch auch jedes anders lieben, gleich stark, aber anders.

Sie schrak auf. Die Tochter stand vor ihr. Sie war doch tatsächlich eingenickt. Warum zum Kuckuck schämte sie sich dafür? Zum ersten Mal sah sie die tiefen Schatten unter Marthas Augen. Kein Wunder, dachte sie, diese Tochter war es ja, an die sich alle in der Familie wandten, wenn es Probleme gab. Die Feuerwehrfrau.

»Du wärst der beste Kommandant«, sagte sie.

»Mama, wovon redest du?«

Sie winkte ab. Martha verzog das Gesicht, dann reichte sie ihr einen schwarz umrandeten Briefumschlag.

»Der jüngere Enkel vom Franz hat die Parte gebracht. Er war in Eile, sie sind spät dran mit dem Austragen, der Rosenkranz ist schon morgen.«

»Riechst du's nicht? Die Zwiebeln brennen an.« Johanna schaute der Tochter nach, ein wenig gebückt ging sie, nicht so entschieden wie sonst.

Wir betrauern unseren geliebten Gatten, Vater, Großvater, Urgroßvater, Schwiegervater, Cousin, Bürgermeister a. D., etc. etc., *der nach langem, mit großer Geduld ertragenem*, und so weiter und so weiter. Kein Wort davon, was für ein Tyrann er gewesen war, wie er Frau und Kinder verprügelt hatte. Natürlich nicht, so etwas schrieb man nicht auf einen Partezettel. *Versehen mit den Tröstungen der heiligen Religion …* Hatte der Franz auch gebeichtet, dass er 1943 – oder war es 1944? – ihren Mann bei der Reichsbauernschaft Donauland angezeigt hatte? Dass er behauptet hatte, dass die zwei Äcker, die Peter noch geblieben waren, nicht optimal bewirtschaftet wurden nach den Regeln für den Reichsnährstand? Aus purer Gier hatte er es getan, weil er sich die zwei Felder auch noch unter den Nagel reißen wollte, die hätten ja schon von der Lage her so gut zu seinem Land gepasst. Natürlich war die Ernte nicht großartig ausgefallen, wie denn auch, mit dem Dünger einer einzigen Kuh? Die Kuh hatte sie auch vor den Pflug spannen müssen. Mit dem Wickelkind war sie zum Ackern aufs Feld gefahren, während ihr Mann im Bergwerk arbeitete, in einer Furche hatte die Frieda geschlafen, nicht nur einmal war sie von der Decke gerobbt, hatte sich Erde in den Mund gesteckt und gebrüllt. – Der Schwiegermutter hätte Johanna das Kind nicht anvertraut, die litt an der Fallsucht und brauchte selbst Hilfe.

Später hüteten die Größeren die Kleinen, aufpassen musste sie natürlich schon, die Kinder hatten ja immer Unfug im Kopf, besonders die Buben. Wenn die anderen Dorfbuben auftauchten, kam es vor, dass sie mit ihnen wegrannten, einmal zogen sie den Kinderwagen mit und ließen ihn dann einfach stehen mit dem brüllenden Säugling drin. Welches von ihren Kindern war es gewesen, das da beinahe aus dem Wagen gekollert war?

Obwohl sie die Katastrophe des Grubenbrandes mit 29 Opfern nur aus Erzählungen kannte, hatte sich die Erinnerung daran in Johannas Kopf eingenistet. Sooft die Sirene außerhalb der üblichen Zeiten ertönte, verkrampfte sich ihr Bauch und das Atmen fiel ihr schwer. Als ob da ein Knoten in ihrer Brust wäre. 1944 wurde der Betrieb des Bergwerks aus »kriegsbedingten Gründen« – was immer die sein mochten – eingestellt, das war dann erst recht wieder eine Katastrophe, von dem winzigen Hof konnten sie nicht leben. Sie war damals aufs Amt gefahren, mit vier Kindern, und hatte dem Schnurrbärtigen mit den zwei Doppelkinnen hinterm Schreibtisch die Meinung gesagt, aber gründlich. Geholfen hatte es nicht.

Nein, der Franz hatte gewiss nicht gebeichtet, dass er zur Gestapo gegangen war, obwohl doch auch in seinem Kleinen Katechismus stand: Du sollst kein falsches Zeugnis geben wider deinen Nächsten. Wahrscheinlich hatte der Franz die Leute unterm Hollerstrauch nie zu seinen Nächsten gezählt.

Über Tote durfte man nichts Schlechtes sagen.

Der Pfarrer hatte sowieso immer nur nach dem sechsten Gebot gefragt. Als ob es das einzig wichtige von den zehn wäre. Sie erinnerte sich nicht, wann sie zum letzten Mal zur Beichte gegangen war, und wunderte sich, weil ihr das kein schlechtes Gewissen machte. Nicht, dass sie keinen Glauben hätte. Sie konnte nur nicht vergessen, wie der Pfarrer in seinem goldenen Messgewand oben auf der Kanzel stand und über die Sünden des Fleisches predigte und sich immer mehr in Rage redete, und unten im Kirchenschiff in der letzten Bank saß die Annerl mit über dem dicken Bauch gefalteten Händen, ihre Schultern krochen immer höher bei jedem Wort, im Wirtshaus wurde gemunkelt, dass es sein Kind war, aber die giftigen Blicke der frommen Gemeinde trafen nur die Annerl, nicht den Hochwürden, ihr rechter Fuß begann zu zittern, obwohl die Annerl versuchte, ihn mit beiden Händen stillzuhalten, die Bank ratterte schon mit. Da war Johanna aufgestanden und hatte sich neben die Annerl gesetzt und es war ihr ganz und gar gleichgültig gewesen, wie blöd die Leute schauten. Als die Messe zu Ende war und Johanna nach dem Segen das Knie beugte und sich bekreuzigte, war die Annerl plötzlich verschwunden. Monate später ging das Gerücht, sie hätte in einem Kloster Unterschlupf gefunden, andere behaupteten, sie hätte das Kind im Waisenhaus abgegeben und sei in der Gosse gelandet.

Die Tochter setzte sich mit einer Näharbeit neben Johanna. »Willst du zum Begräbnis gehen, Mama?«

»Ich weiß nicht. Kommt aufs Wetter an.«

»Du musst nicht.«

»Von Müssen kann gar keine Rede sein. Vielleicht will ich, vielleicht will ich nicht. Ganz schlecht war er nicht.«

»Wer ist schon ganz schlecht?«

»Wahrscheinlich gibt es genauso wenige ganz Schlechte wie ganz Gute.«

Im Fernsehen begannen die Nachrichten. Bei den Nachrichten musste Johanna immer an ihren Mann denken, er hatte sich dabei so aufgeregt, dass er beinahe jeden Abend einen roten Kopf bekommen und auf die Lehne seines Sessels getrommelt hatte. »Wie kann dieser Dreckskerl es wagen, von Solidarität zu reden, der weiß überhaupt nicht, was das Wort bedeutet, schämen müsste er sich, und so was will ein Sozialdemokrat sein!« Immer wieder hatte er damit gedroht, aus der Partei auszutreten. Sie war sicher gewesen, dass er diesen Schritt nie tun würde. Darüber gesprochen hatten sie nicht.

Zu seinem Begräbnis waren die alten Kumpel aus dem Bergwerk angetreten, in den schwarzen Bergmannstrachten, die ihnen längst zu eng geworden waren. Bei aller Trauer hatte sie gespürt, was diese Männer verbunden hatte. Alle hatten sie die silbernen Knöpfe an ihren Uniformen blankgeputzt, sie glänzten in der Wintersonne. Als einer sich vorbeugte, um sich die Nase zu putzen, sprang ein Knopf von seiner Jacke ab und kollerte über den Kiesweg. Ein Bub hob ihn auf und reichte ihn dem Mann, der ihn hin- und herdrehte, bevor er ihn in die Tasche steckte. Wieso stand gerade dieses Bild zum Greifen scharf vor ihr, während sie so vieles vergessen hatte?

Die jüngste Enkelin hatte einen Brief ihrer Lehrerin gebracht mit der Einladung, den Schülerinnen und Schülern im Geschichtsunterricht aus ihrem Leben zu erzählen. Die Begegnung mit Zeitzeugen, schrieb die Lehrerin, sei so wichtig für junge Menschen. Entsetzt lehnte Johanna ab, sie sei leider krank und ihr Gedächtnis lasse sie von Tag zu Tag mehr im Stich.

Zeitzeugin, dachte sie. Sie war nie eine Zeitzeugin gewesen. Auch dafür brauchte man Zeit, und woher hätte sie die nehmen sollen? Das sollte ihr bitteschön einer erklären. Oft genug war sie um drei, halb vier aufgestanden, um ein

paar Reihen an der Maschine zu stricken für die Schwägerin, die auf pünktlicher Lieferung der Heimarbeit bestand.
Unterhosen und Unterhemden aus furchtbar dünner Wolle,
die sich so leicht verhedderte. Tagsüber hatte sie keine Zeit
dafür, da waren die Kinder, die Tiere, der Stall, das Haus, der
Gemüsegarten, der Acker. Hatte man kein Geld, musste man
umso mehr Zeit dafür aufbringen, dass keiner hungrig und
verdreckt war.

Die Frauen heute hatten ja keine Ahnung, wie die Fin-
gerknöchel immer mehr schmerzten, wenn man die Wäsche
an der Rumpel rieb, wie die Haut aufsprang, wie das eisige
Brunnenwasser beim Schwemmen brannte. Die Waschmittel
waren auch anders gewesen, kein Fleck war von allein raus-
gegangen, schrubben hatte man müssen, bis einem die Luft
wegblieb. Den Teig hatte sie natürlich auch selbst geschlagen, wer hatte damals einen Mixer gehabt? Sie hatte nicht
einmal gewusst, dass es so etwas gab. Und trotzdem waren
jeden Samstag zwei große Gugelhupfe auf dem Küchentisch
gestanden, einer war ja zu wenig für die Familie, und wenn
jemand zu Besuch kam, wollte sie doch auch etwas zum Auf-
warten haben. Es kam immer jemand zu Besuch, besonders
am Samstag.

Eigentlich war die Heimarbeit ohnehin für die Katz, denn
am Ende bekam sie oft genug nicht einmal den vereinbar-
ten Lohn ausbezahlt, sondern stattdessen ein Dutzend der
von ihr gestrickten Unterwäsche – mit der Bemerkung, die
könne sie ja verkaufen, sie sei ohnehin weit mehr wert als der
ihr geschuldete Lohn.

Die Erinnerung an die Schwägerin löste immer noch
einen galligen Geschmack in Johannas Mund aus. Die hatte
es doch immer fertiggebracht, ihren eigenen Bruder über den
Tisch zu ziehen, ihm den gerechten Anteil am gemeinsamen

Erbe zu stehlen und dabei zu tun, als sei sie seine Wohltäterin. Wie konnte ausgerechnet Peter mit seinem unbestechlichen Gefühl für Gerechtigkeit eine solche Schwester haben? Eine Schwester, die nicht nur Banken und Geschäftsleute um ihr Geld betrog. Als sie der Frieda mit dem Versprechen auf hohe Belohnung den ersten Lohn in der Fabrik abzuschwatzen versucht hatte, war Peter endlich richtig wütend geworden und hatte seine Schwester hinausgeworfen. Schon am nächsten Tag hatte diese schamlose Person Martha aufgelauert und ihr eine Nähmaschine auf Ratenzahlung angeboten. Peter hatte getobt, Martha hatte geheult. Schon als kleines Mädchen hatte sie sich eine Nähmaschine gewünscht.

Die Schwägerin war keine Gute gewesen, das stand einmal fest. Für so schlau hatte sie sich gehalten, aber zum Schluss war nichts übrig geblieben von allem, was sie zusammengerafft hatte. In ihrem Fall bewahrheitete sich das alte Sprichwort: »Unrecht Gut gedeiht nicht gut.« Nicht einmal für ihr Begräbnis hatte es gereicht.

Johanna gönnte sich ein wenig Schadenfreude, wenn sie an die Überheblichkeit der Schwägerin dachte. Auch als ihre Luftschlösser längst zusammengebrochen waren, spielte sie noch die große Dame, die alles besser wusste. Die wäre gewiss gern Zeitzeugin gewesen. Sie hätte natürlich gelogen, aber mit Überzeugung. Eine schöne Geschichte hätte sie in jedem Fall zu erzählen gehabt.

Jetzt hätte Johanna ja Zeit. Zum ersten Mal in ihrem Leben mehr Zeit, als ihr lieb war. Im Fernsehen zeigten sie immer wieder eine Uhr, deren Zeiger auf fünf Minuten vor zwölf standen. Höchste Zeit, sagte dann einer mit besorgter Miene, und dass endlich etwas zu geschehen habe, viel zu lange schon sei man – dann kamen meist sehr lange Wörter verstrickt in noch längeren Sätzen –, und am Ende wusste sie nicht mehr, wovon zu Anfang die Rede gewesen war. Zeugnis hätte sie darüber jedenfalls nicht ablegen können, das nicht. Zeugnis ablegen.

Ihr Mann hatte Zeugnis abgelegt, und das war ihm nicht gut bekommen, das hatte ihn die Arbeitsstelle gekostet, und wenn der Krieg nicht gerade noch rechtzeitig zu Ende gegangen wäre, nicht auszudenken, was es ihn noch gekostet hätte. Dem Franz war es zuzutrauen gewesen, dass er noch im April zur Gestapo gerannt wäre. Der zweite Hornist aus der Musikkapelle – warum zum Kuckuck fiel ihr sein Name nicht ein? Der mit den roten Schneckerln – hatte im Gasthaus gehört, wie der Franz am Stammtisch erklärte, dass er als aufrechter Volksgenosse nicht umhinkäme ... Genau so geschraubt hatte der Franz geredet, beide Daumen in den Gürtel eingehakt, den Gürtel auf den er so stolz war, mit dem Reichsadler und dem Hakenkreuz auf der Schnalle. Auf jeden Fall wollte er Peter anzeigen, weil er nach der Beisetzung von Firstners Urne gesagt hatte, der Krieg wäre sowieso verloren gewesen, von Anfang an. Sie erinnerte sich an den Firstner, als wäre der ein guter Freund gewesen, dabei hatte sie ihn doch nur ein paar Mal gesehen, aber die Art, wie er und Peter miteinander geredet hatten, so bedächtig Wort für Wort abwägend, das hatte ein warmes Gefühl in ihrem Bauch erzeugt, über das sie selbst hatte lachen müssen, weil sie sich dabei erwischt hatte, wie sie dachte: Die beiden könnten miteinander etwas Gutes zustande bringen, wenn man sie nur ließe, und gleichzeitig hatte sie gewusst, dass man sie nie lassen würde, den Firstner nicht mit seinem Sozialismus aus der Bibel und ihren Mann mit seiner Solidarität auch nicht. Die Hahnenschwänzler hatten den Firstner in ihrem Lager in Wöllersdorf fast erschlagen, dann wusste seine Frau nicht, wohin ihn die Nazis verschleppt hatten, bis sie schließlich einen Brief bekam, dass sie »gegen Zahlung von Reichsmark 60« – oder waren es 70 gewesen? – seine Urne abholen könnte. Damals war Johanna sauer gewesen, weil Peter bei den Kollegen Geld für die Witwe gesammelt hatte, das konnte einen in Teufels Küche bringen. Außerdem hatte sie gehört, dass man sowieso nicht wissen konnte, was für eine Asche einem da ausgehändigt wurde. Aber Peter hatte darauf bestanden, das wenigstens seien sie dem Kollegen schuldig.

An die Frau vom Firstner konnte sich Johanna beim besten Willen nicht erinnern. Möglich, dass die auch einmal in ihrer Küche gesessen war.

Wer war nicht alles in ihrer Küche gesessen! Apfelschalen-, Hetscherl-, Himmelschlüssel- oder Pfefferminztee hatte sie gekocht, und wenn noch genug Zucker im Haus war, hatte sie auch die Zuckerdose auf den Tisch gestellt. Wie stolz sie war, als sie sich nach Jahren endlich leisten konnte, echten Bohnenkaffee aufzuwarten. So lange war es doch gar nicht her, seit der Kaffeesud, den sie heute zum Komposthaufen trug, ihr als etwas unerreichbar Kostbares erschienen war. Die Nase hätte sie hineingesteckt und tief eingeatmet. Die Jungen heute konnten sich nicht vorstellen, wie schwierig es war, mit dem Geld auszukommen. Anschreiben hatten sie lassen bei der Greißlerin unten im Tal, am Monatsersten hatte sie dann bezahlt. Aber immer pünktlich, nachsagen lassen hatte sie sich nichts. Nie.

Im Gegensatz zu gewissen Leuten, die auf großem Fuß lebten und gar nicht daran dachten, ihre Schulden zu bezahlen. Wie zum Beispiel die Schwägerin.

Dieser Weihnachtsabend – wie viele Jahre waren seither vergangen? Zwanzig, dreißig, nein, viel mehr noch? Zu

Mittag hatte es zu schneien begonnen. Die Schwägerin riss ihr Küchenfenster auf und schrie, Johanna solle herüberkommen, sie brauche Hilfe beim Putzen, sie werde sie auch gut bezahlen. Eigentlich gehör ich ja gehaut dafür, dass ich immer wieder zu ihr gegangen bin, dachte Johanna, geglaubt habe ich ihr sowieso längst nichts mehr, aber was ist mir denn übrig geblieben?

Da steht dieser riesige Christbaum, über und über behängt mit allem, was gut und teuer ist, in voller Pracht und Herrlichkeit, und darunter glänzt ein Motorrad, dass es fast in den Augen sticht, auf fünf Sesseln liegen fünf Pelzmäntel für die Töchter der Schwägerin, und der Tisch biegt sich vor Schüsseln und Päckchen. Johanna soll den Kübel ausleeren, die Mädel sind immer und ewig zu faul, um hinaus auf den Abort zu gehen, und der Küchenboden ist zu schrubben und das ganze Geschirr steht noch und überhaupt tun der Schwägerin die Füße so weh und ihr Kreuz bringt sie noch um. Als Johanna fertig ist, stellt die Schwägerin fest, dass sie leider, leider kein Geld mehr im Börsel hat, aber morgen, oder nein, gleich nach den Feiertagen bekommt sie's, und während Johanna noch dasteht, nimmt die Schwägerin ein Schnitzel vom Tisch und reicht es dem Dackel, der sich brav auf die Hinterbeine setzt und das Schnitzel vorsichtig aus ihrer Hand nimmt. Zu Hause stopft Johanna drei Gänsehälse mit einer Mischung aus Bröseln, einem Ei, Gewürzen und Zwiebeln, das ist der Weihnachtsbraten für ihre Familie.

Nach so vielen Jahren saß der Stachel immer noch tief. Die Schwägerin war zwar von ihrem hohen Ross gefallen, aber sie hatte es immer noch fertiggebracht, ihre Rolle zu spielen, einen von oben herab zu behandeln. Auch als sie längst keinen Groschen mehr hatte, hatten ihr die Banken Geld geborgt, und nicht nur die. Sie hatte viele arme Leute um ihr Erspartes gebracht. Alle haben's gewusst, und alle haben mitgespielt, auf meinen Alten war ich sauer, dass er sich nicht gegen sie gewehrt hat, und dabei war ich auch nicht viel besser. Weiß der Kuckuck, wie sie das geschafft hat.

»Wieso hab ich vergessen, wer mir die Gänsehälse geschenkt hat?«, murmelte Johanna.

»Welche Gänsehälse?«

»Wer redet von Gänsen?«

Alles musste Martha auch nicht wissen.

Immer stellte sie Fragen, auf die es keine Antwort gab, jedenfalls keine Antwort, die sie kannte oder geben wollte, und wo lag da der Unterschied? Ausgerechnet die Tochter, die alles für sie tat, irritierte sie. Wahrscheinlich deshalb. Weil ihr dadurch bewusst wurde, was sie alles nicht mehr konnte, nicht mehr so gut konnte wie früher, dass die Grenzen immer enger wurden. Noch konnte sie sich im Haus frei bewegen, noch konnte sie in den Garten gehen an guten Tagen, aber sie spürte schon ein Zittern im Bauch, wenn sie allein die paar Stufen hinunterstieg, und sie hörte selbst, wie laut sie ausatmete, wenn sie unten angelangt war ohne Stolpern, noch war es kein richtiger Seufzer, noch nicht. Sie sah aus dem Augenwinkel, wie Martha sich zurückhalten musste, um nicht aufzuspringen und ihr die Kanne aus der Hand zu nehmen, wenn sie die Blumen goss. Manchmal hatte sie das Gefühl, die Tochter hätte sie am liebsten ganz aus der Küche oder jedenfalls aus der näheren Umgebung des Herdes verbannt.

»Hast du deine Tabletten genommen?«

Es kam vor, dass sie es vergaß, aber musste die Tochter sie daran erinnern? Als ob Jüngere nichts vergaßen!

Sie fror, zog die Tuchent bis zu den Ohren hoch. Dabei hatte sie doch eine Heizdecke unterm Leintuch. Aber die Kälte kam von innen, aus den Knochen. Irgendwann würde sie den ganzen Körper erfassen. In der Zeitung hatte sie gelesen, dass Leute sich einfrieren ließen irgendwo in Amerika, natürlich musste das in Amerika sein, um sehr viel Geld, man würde sie auftauen, hieß es, sobald es möglich war, sie wieder gesund zu machen. Und wenn es inzwischen einen Stromausfall gab? Das wäre eine schöne Bescherung! Viel besser ein ordentliches altmodisches Begräbnis.

Ganz vorne in ihrem Schrank hing das dunkelblaue Kleid, das sie im Sarg tragen wollte, auch das Unterkleid hing am selben Haken. Die Schuhe standen in der Schachtel darunter. Manche ließen sich heutzutage ohne Schuhe begraben, sie fand das nicht richtig. Ihrem Mann hatte sie auch die guten Schuhe angezogen. Wie sah denn das aus, im schwarzen Anzug und weißen Hemd, aber in Socken dazuliegen? Sie hatte ihm auch ein Taschentuch eingesteckt, ohne Taschentuch wäre er nie aus dem Haus gegangen, auch nicht zum letzten Weg.

Ziegelsteine hatten sie im Backofen aufgeheizt, in Tücher gewickelt und zwischen das klamm-feuchte Bettzeug gelegt. Jedes Wort, das sie sagten, hatte als weiße Fahne vor ihren Münden gewabert. Seltsam, wie sie sich und Peter so nebeneinander liegen sah, gleichsam von oben. Sie war doch keine Fliege im eigenen Schlafzimmer! Das Bild war verrückt, aber irgendwie gefiel es ihr, sich und Peter so liegen zu sehen, wie zwei Puppen.

Ihre Füße waren kalt. Ihrem Mann hätte sie die Fußsohlen ins Kreuz stellen können, er hätte aufgeschrien, aber dann hätte er ihr die Füße gewärmt mit seinen großen rauen Händen.

»Hast du ihn geliebt?«, hatte die Nachbarin gefragt.

Was für eine Frage.

»Er war mein Mann«, hatte sie gesagt.

Er fehlte ihr. Im Badezimmer zu Hause war noch sein Rasierzeug gestanden, als sie ihren Toilettbeutel eingepackt hatte, um mit der Tochter wegzugehen. Sein Hut hing im Vorhaus am Haken, sein Werkzeug säuberlich aufgereiht im Schuppen.

Ein paar Jahre nach seinem Tod hatte einer seiner Musikerkollegen ihr einen Strauß Schneerosen gebracht. Die Tochter und die Nachbarin hatten nichts Besseres zu tun gehabt, als sie mit dem Verehrer zu necken. Sie wusste noch genau, dass sie geantwortet hatte: »Meinem Alten hab ich die Zehennägel geschnitten und die Socken angezogen, aber ein neuer Mann kommt mir nicht ins Haus!« Was daran so komisch sein sollte, dass die Tochter und die Nachbarin sich bogen vor Lachen und nicht aufhören konnten, sondern immer wieder neu zu kichern und zu prusten begannen, war ihr noch immer nicht klar, und erst recht nicht, warum sie sich über das alberne Gekicher der Frauen ärgerte. Das war doch alles längst vorbei.

Vorbei war nicht vorbei. Nicht immer. Manches stand auf, war plötzlich da, als wäre es gestern gewesen, nein, nicht gestern, heute, jetzt. Wenn sie Glück hatte, konnte sie der Schwägerin die Tür weisen, und die Schwägerin zog den Schwanz ein, zum Greifen wirklich, wie ein geprügelter Hund zog sie den Schwanz ein, den sie gar nicht hatte, schlich davon, ihr fetter Bauch schwappte über die Bodenbretter, Johanna könnte ihr einen Tritt geben, aber das tat sie nicht, so eine war sie nicht, es genügte völlig, dass die herrische Schwägerin winselnd davonkroch.

Als Betrügerin eingesperrt, hatte sie sich doch tatsächlich englische Postkarten besorgt und es fertiggebracht, diese mithilfe einer Mitgefangenen nach England zu schicken und dort aufgeben zu lassen. Fast alle im Dorf hatten Ansichtskarten aus London bekommen, den königlichen Palast, die berühmte Brücke und die Wachsoldaten mit ihren Bärenfellmützen, dazu Klagen übers Wetter und das englische Essen. Sogar an Johanna und Peter hatte sie eine geschickt, das war wohl für den Fall, dass der Briefträger sich wundern sollte, wieso ausgerechnet sie keine bekämen.

Peter hatte sich für seine Schwester geschämt. Die hätte sich vielleicht geschämt, wenn man sie nackt in der Kirche erwischt hätte, aber wahrscheinlich nicht einmal dafür. Scham war ein Gefühl, das sie nicht kannte.

Die Schwägerin lädt alle ihre Strickerinnen zum Feuerwehrball ein. Am Vorabend kassiert sie von jeder zwanzig Schilling, das ist mehr, als die Frauen in zwei Wochen verdienen. Als sie an der Spitze ihrer Arbeiterinnen in den Ballsaal einzieht, spielt die Kapelle einen Tusch, der Bürgermeister hält eine kleine Rede über die Großzügigkeit dieser vorbildlichen Unternehmerin. Die Schwägerin lächelt in die Runde.

Das Bergwerk ist geschlossen, Peter ist arbeitslos. Johanna bittet die Schwägerin, ihr den Lohn für die fertige Arbeit auszuzahlen, die Schwägerin behauptet, kein Geld zu haben. »Was hättest du dir auch sechs Kinder anhängen lassen müssen, bist wohl schon wieder schwanger, ich hätte dir doch geholfen!« Die Schwägerin schaut von ihrem Strickzeug auf, mustert Johannas Bauch. Johanna schüttelt den Kopf. »Selber schuld«, sagt die Schwägerin. Johanna legt beide Hände auf ihren Bauch.

Die Schwägerin lacht. Eine gefährliche Drohung schwingt mit in diesem Lachen, von Freude keine Spur. So höhnisch mussten die Teufel lachen, die sich mit Zangen und Spießen auf die Verdammten stürzten in diesem furchtbaren Bild, das sie irgendwo gesehen hatte, sie wusste nicht wo, einer hatte einen rot-blau glänzenden Arsch wie die Affen in Schönbrunn.

Warum nannte man die Schwägerin »Engelmacherin«, wo es doch hieß, dass die ungetauften Kinder nicht in den Himmel kommen konnten, wie konnten sie dann Engel werden? Sie war immer froh gewesen, wenn ihre Kinder geboren waren, noch bevor die Schwägerin in ihrer ganzen Fülle ins Schlafzimmer trat, die Schwägerin, die ja auch die inoffizielle Hebamme im Dorf war. Dann konnte die Schwägerin kein Unheil mehr anrichten, dann hatte Johanna gewonnen, die Schwägerin konnte nur mehr die Nabelschnur durchschneiden und süßlich lächelnd gratulieren, dass es auch diesmal ein kräftiges, gesundes Kind geworden war.

Einmal sagte die Schwägerin, sie wüsste ein Ehepaar, das könnte keine Kinder kriegen und würde eines der Kinder ihres Bruders nehmen. Peter und Johanna seien blöd und undankbar, schimpfte sie, weil sie sich weigerten.

Als das Land eine Entschädigung für das abgebrannte Dach in Aussicht stellte, bot sich die Schwägerin an, nach Wien zu fahren und alles zu regeln, dazu brauchte sie allerdings eine Vollmacht. Peter zögerte, doch es gelang ihr wieder einmal, ihn zu überreden, er wusste nicht, woher er das Fahrgeld nehmen sollte, und in der Fabrik war Urlaubssperre. Sie behielt den Großteil des Betrages für sich.

»Vergiss es«, hatte Peter oft gesagt.

Als ob er vergessen hätte. Der Groll über das erlittene Unrecht hatte an seiner Leber gefressen, davon war sie

überzeugt, mehr als der Alkohol. Am meisten geärgert hatte
er sich darüber, was er sich gefallen ließ von seiner Schwester,
dass er nicht den Mut aufbrachte, sich gegen sie zu wehren.

Johanna nahm es ihm übel und wusste doch gleichzeitig,
dass sie sich genau wie er zu viel gefallen ließ und nicht viel
öfter als er den Mut aufbrachte, sich gegen die Schwägerin
zu wehren.

Schlau war sie gewesen und völlig hemmungslos, ihr
Bruder, ihre Arbeiterinnen, ihr eigener Mann, alle Menschen
waren ihr völlig gleichgültig, nur ihre Töchter schloss sie mit
ein in ihren Eigennutz. Es schien fast, als bereite ihr die Ver-
bitterung der anderen ein heimliches Vergnügen. War wohl
ein Beweis ihrer Macht.

Eigentlich hätte Johanna es gerne komisch gefunden, dass
ausgerechnet die Schwägerin sich so oft in ihren Kopf hin-
einschleichen konnte. *Solange wir uns an dich erinnern, bist
du nicht tot,* hatte sie auf einem Grabstein gelesen. Unsere
Angst hat sie mächtig gemacht. Der Gedanke beunruhigte
sie.

»Hau ab!«, sagte sie laut, »Verschwinde! Der Teufel soll
dich holen.« Sie hielt sich den Mund zu. Die Tochter hatte
einen leichten Schlaf, die würde glatt meinen, sie hätte den
Verstand verloren. Man könnte es ihr nicht einmal übel
nehmen.

Wahrscheinlich ist es meine Schuld, dachte Johanna, weil
ich schlecht über sie denke, kann sie mich nicht in Ruhe
lassen. Über Tote darf man nichts Schlechtes sagen.
Nach der Geburt meines ersten Sohnes hat sie mir eine Hühnersuppe gebracht. Die beste Hühnersuppe meines Lebens.

Sie hat ansteckend lachen können, auch über sich selbst.

Sie war nicht nachtragend.

Als ihr Kanarienvogel starb, hat sie geweint.

Ihr Arnikaschnaps ist immer noch das beste Mittel gegen Magenverstimmung und gegen eitrige Wunden auch.

Im Traum hält Johanna ein Neugeborenes im Arm. Sie zählt die winzigen Finger, staunt über die perfekten Nägel, jeder mit seinem eigenen weißen Mond, zählt die runden Zehen, fünf an jedem Fuß, haucht einen vorsichtigen Kuss auf die pulsierende Stelle am Scheitel.

Nach dem Aufwachen wusste sie nicht einmal, ob sie von einer ihrer Töchter oder einem ihrer Söhne geträumt hatte.

Jedes Mal dieses Erschrecken, dass sie schon wieder schwanger war, um dann jedes Mal hilflos überflutet zu werden, wenn das Kind da und alles richtig und an seinem Platz war, wenn sie es halten, riechen, anschauen konnte. Wenn dann die Schwägerin Peter hereinrief und er dastand, als könne er es nicht fassen, und er mit seinen großen Händen die kleinen Fersen umfasste und streichelte und ihm die Tränen an den Wimpern hingen. Dann war alles gut.

Gab es überhaupt ein Wort für das, was sie dabei spürte, für diese Wärme tief innen, für diese Augenblicke, die so voll waren, so rund? Es wäre gut, ein Wort dafür zu haben, das könnte man vor sich hinsagen, wenn die Angst kam, und die Angst würde sich davonschleichen. War das Glück? Dankbarkeit?

Ein Kind im Arm halten. Diese weiche Haut spüren, riechen. Diese unendlich verletzliche Stelle am Scheitel anschauen, wo das Leben anklopft. In den Haarflaum blasen. So klein, so groß. Nach ein paar Wochen die Speckröllchen an den Beinchen anfassen und an den Armen, dieses ungeheure Staunen: alles von ihrer Milch. Von ihrer Milch! Sie war so stolz auf diese Rundungen, als hätte nie zuvor eine Mutter ihr Kind gestillt, aber Stolz war auch nicht das richtige Wort, vielleicht gab es keines.

Es war ohnehin lächerlich, ein Wort dafür zu suchen, das war, als wollte ein Jahrmarktspfeiferl gegen eine große Tuba antreten. Sie lachte in sich hinein, fand es lustig, dass die Blasmusik, die in Peters Leben eine große Rolle gespielt hatte, sich auch in ihren Erinnerungen wichtigmachte. Peter und sein Horn, immer blank poliert, keine matte Stelle auf dem wie Gold funkelnden Messing, selbst wenn er nach einem Fest betrunken heimtorkelte und stürzte, achtete er darauf, dass sein Instrument keinen Schaden nahm. Sie allerdings hatte stundenlang damit zu tun, seine Uniform wieder sauber zu bekommen und schimpfte auf die Leute, die es lustig fanden, den Musikern eine Runde nach der anderen aufzudrängen.

Verdammt, daran wollte sie nicht erinnert werden! Nicht von anderen, und schon gar nicht von sich selbst, es war schlimm genug, dass diese Person die Geschichte immer wieder erzählte und dabei lachte, als könnte sie nie wieder aufhören, und Johanna musste mitlachen, sonst hätte ja die andere gewonnen, diese … Nein, dachte sie, nein, den Gefallen tu ich dir nicht, ich habe damals auch nicht gezeigt, wie es mir dabei gegangen ist, durchs ganze Dorf bin ich marschiert und hab den Kübel geschwungen, als wäre er eine Handtasche und ich auf dem Weg zu einem Rendezvous. Den ältesten Fetzen hab ich in dem Kübel gehabt und eine Reißbürste, und das Plumpsklo im Wirtshaus hab ich geschrubbt, weil mein Alter es nicht mehr rechtzeitig geschafft hatte hinzukommen, aber ich hätte mir nicht nachsagen lassen, dass die Wirtin die Scheiße von meinem Alten hätte wegputzen müssen, ich nicht! *Wenn man in der Scheiße steckt, ist es ein Glück, einen langen Hals zu haben,* sagte einer. Aber warum das der beste Witz sein sollte, das verstand sie noch immer nicht.

Eigentlich hätte die Wirtin sich bei ihr bedanken müssen. So sauber war der Abort ihres Gasthauses seit Jahren nicht gewesen.

Diese Nächte wurden auch von Nacht zu Nacht länger, eigentlich war fast jede Nacht mehrere Nächte, und es kränkte ihren Sinn für Ordnung, dass am Ende dreier oder vierer Nächte ein einziger Morgen stehen sollte. Einschlafen war eine mühselige Arbeit, sie sah wirklich nicht ein, wie sie dazu kam, diese Arbeit mehrmals in einer Nacht zu erledigen.

Mai 1945. Sie liegt in den Wehen, lange kann es nicht mehr dauern. Schläge gegen die Tür, die Schwägerin schreit, eine Nachbarin kreischt, eine greift nach dem riesigen Wassertopf auf dem Herd, man weiß ja, was passiert, wenn die Russen kommen, sie kann ihn nicht von der Stelle rücken, er ist zu schwer. Im Nebenraum brüllen die Kinder. Die Tür wird aufgerissen. Ein junger russischer Soldat mit einer komischen Nickelbrille auf der Nase macht zwei, drei Schritte herein, hinter ihm drängt ein ganzer Trupp nach, der Russe blockiert die Tür, ruft ein Kommando, die Männer verlassen im Rückwärtsgang die Küche, die Schwägerin redet auf den Russen ein, er schließt die Tür, tritt zu Johannas Bett. Anscheinend kann er Deutsch, sagt etwas von Doktor und helfen, sie versteht nicht recht, spürt schon die erste Presswehe, schüttelt den Kopf, deutet auf die Schwägerin, der Russe dreht sich um und geht leise hinaus. Er muss Marthas ersten Schrei noch gehört haben, denkt sie, herrlich war das, alle ihre Kinder haben schön laut gebrüllt und die Welt wissen lassen, dass sie da sind, die Mädchen genau wie die Buben.

Wenn Johanna später all die Berichte von marodierenden russischen Truppen, von Vergewaltigungen, Raub und

Totschlag hörte, musste sie immer auch an den Russen mit der Nickelbrille denken, der im Weggehen ein Viertelkilo Butter auf den Küchentisch legte. Eine junge Frau, die aus Angst vor der vorrückenden Roten Armee aus Wien geflüchtet war und hier zum ersten Mal in ihrem Leben einen Russen und gleich darauf ein Neugeborenes gesehen hatte, wollte unbedingt die Taufpatin des Kindes werden.

Ein guter Vater war Peter, ein geduldiger. Johanna drohte den Kindern, dass er sie verprügeln würde, sobald er aus dem Bergwerk oder später aus der Fabrik nach Hause käme, obwohl sie wusste, dass die Kinder diese Drohungen nicht ernst nahmen, sich aber durchaus vor ihren Schlägen mit den Kochlöffeln fürchteten. Sobald die drei Söhne groß genug waren, gab Peter ihnen ersten Hornunterricht.

Was wir erhoffen von der Zukunft Fernen?
Dass Brot und Arbeit uns gerüstet steh'n,
dass unsre Kinder in der Schule lernen
und unsre Alten nicht mehr betteln geh'n.

Die Strophe hatte Peter ihr so oft vorgesagt, dass sie den Text auswendig konnte.

»Wie sollen die Kinder in der Schule lernen, wenn man sie nicht achtet?«, hatte er hinzugefügt. »Der Lehrer schaut die Kinder nicht einmal an, er schaut über sie hinweg, ist dir das nicht aufgefallen? Er weiß nicht, wer sie sind. Man muss sie achten, damit sie sich achten. Wer sich nicht achtet, wird auch nichts lernen.«

Für ihn war das eine lange Rede. Peter war kein großer Redner. Vielleicht waren ihr darum einzelne Sätze von ihm im Kopf hängen geblieben.

Jeder Mensch verdient Achtung. Warum? Weil er ein Mensch ist. Mit der Selbstachtung fängt alles an.

Achtung kam gleich nach Solidarität in Peters Gesprächen mit Firstner. Als ein Lehrer ihn in die Schule zitierte, sagte er, der Herr Lehrer solle gefälligst zu ihm kommen, wenn er ihn sprechen wolle.

Sie hatte darauf geschaut, dass die Kinder etwas auf den Teller bekamen und im Winter warme Pullover und Schuhe an die Füße, dass sie sauber und ordentlich waren. Sie war in die Schule gegangen und hatte mit den Lehrerinnen oder Lehrern geredet, obwohl ihr das nicht leichtfiel. Sie hatte ihre Kinder bestraft, wenn sie es für richtig hielt, und war immer für sie da gewesen, immer für sie eingestanden.

Gespielt hatte sie nicht mit ihnen. Woher hätte sie die Zeit nehmen sollen?

Heute war Muttersein anders. Für die meisten Frauen in diesem Land jedenfalls. Wenn sie im Fernsehen Berichte sah aus anderen Ländern, kam es ihr manchmal vor, als sähe sie Bilder aus ihrer eigenen Vergangenheit.

Dass unsre Alten nicht mehr betteln geh'n. Dieser Satz drängte ihr die Erinnerung auf, die sie all die Jahre immer wieder verfolgt hatte, gegen die sie sich vergeblich gewehrt hatte. Was hätte sie ihr geben können, sie hatte doch selbst nichts! Doch, das Fahrgeld hatte sie, das ihr die Ziehmutter in die Schürze eingenäht hatte, aber das wollte sie nicht hergeben, das nicht. Die Frau, die behauptet hatte, ihre Mutter zu sein, sie war es doch gewesen, die sie weggeschenkt hatte an fremde Leute und sich jahrelang nicht gekümmert hatte, die sechs weitere Kinder bekommen hatte von sechs verschiedenen Männern. Außerdem hatte ihr so furchtbar gegraust vor der Frau. Mein Gott, sie war erst fünfzehn gewesen! Und doch.

Sie schleppt einen Korb voll steif gefrorener Bügelwäsche in die Lahnhofer-Küche, da hockt eine Frau mit wirren, fettigen Haaren und dreckigen Fingernägeln, sie geht an ihr vorbei, die Frau hebt den Kopf und sagt: »So begrüßt du deine Mutter?«

Immer hat sie davon geträumt, dass ihre Mutter eines Tages kommen und sie holen wird, und dann wird alles gut sein, aber doch nicht diese Frau, nicht die, die ist ihr fremd, fremder als die Bäuerin, bei der sie im Dienst steht. »Ich kenn dich nicht, woher soll ich dich kennen?« »Seine Mutter kennt man«, sagt die Frau und wendet sich an die Bäuerin. »Ihre eigene Mutter will sie nicht kennen!« Die Bäuerin sagt nichts. Die Frau macht einen Schritt auf Johanna zu, versucht sie zu umarmen. Johanna weicht aus, die Frau verliert fast das Gleichgewicht, setzt sich wieder. »Du hast mir mein Leben ruiniert. Mit dir hat alles angefangen. Ich brauch Geld.« Johanna klammert sich am Wäschekorb fest. Der Film reißt ab.

Zum ersten Mal fragte sich Johanna, was eigentlich der Unterschied war zwischen ihr und der Frau, die behauptete, ihre Mutter zu sein und es wohl auch war. Eine ledige Dirn, Tochter einer ledigen Dirn, die die Tochter einer ledigen Dirn war, die die Tochter einer ledigen Dirn war … Ein ewiger Kreislauf, aus dem kein Entkommen war, da gab es nichts zu fragen, nichts zu entscheiden. Sie hatte Glück gehabt, die andere hatte kein Glück gehabt.

Sie erinnerte sich, wie die anderen Dienstmägde im Dorf bei ihren sonntäglichen Treffen über das Glück gesprochen hatten. Da gab es natürlich immer einen hübschen jungen Mann, eine große Hochzeit mit Musik und Tanz und Glockengeläut und ein stockhohes Haus mit Garten. Die Mutter hatte wahrscheinlich auch bei jedem neuen Mann geglaubt, der wär nun das richtige, echte Glück, das wahre Leben. Darin lag wohl der Unterschied.

Johanna hatte nicht daran geglaubt, dass das Glück kommen würde, von wo auch immer. Sie hatte eine Entscheidung getroffen, ganz für sich allein. Sie hatte gewusst, was sie auf sich nahm, sie hatte sich nichts vorgemacht, sie hatte ja selbst erlebt, was es bedeutete, ein lediges Kind zu sein, unehelich gezeugt, unehelich geboren. In jedem Dokument, vor jedem Amt, immer dieser Makel. Jede Lehrerin fragte als erstes nach dem Vater: Wer ist er, was ist sein Beruf? Danach wirst du eingeteilt, da wissen sie schon alles. Als sie das Angebot ihrer Ziehmutter ausschlug, ihr ungeborenes Kind aufzuziehen, wusste sie, dass sie selbst die Kraft haben würde, die dazu nötig war. Stark fühlte sie sich und merkwürdig fröhlich. »Und wenn ich mir das Kind auf den Buckel binden muss«, hatte sie gesagt, und sie hatte jedes Wort gemeint, auch wenn sie bei der Erinnerung lächeln musste.

In der Küche ihrer Tochter hing ein Foto, das musste aus der Zeit sein. Sie war bestimmt schon schwanger, aber man sah noch nichts, schmal und schüchtern wie ein braves Schulmädel in die Kamera lächelnd reichte sie Peter kaum bis zur Schulter. Kein Mensch hätte ihr die Entschlossenheit zugetraut, aber plötzlich war alles klar gewesen.

Nach dem Ständchen, das die drei Söhne zu ihrer silbernen Hochzeit gespielt hatten, hatte Peter zu ihr gesagt: »Du weißt schon, dass ich Angst gehabt hab, du würdest nein sagen?«

»Das hast du wirklich geglaubt?«

»Ja«, hatte er geantwortet und dabei so feierlich dreingeschaut wie bei ihrer Trauung, und sie hatte sich zusammennehmen müssen, um ein würdiges Gesicht zu machen, weil ein ganz unpassendes, glucksendes Lachen immer mehr Platz in ihrer Kehle beanspruchte. »Ja, natürlich. Schon wegen der Mutter und weil ich zu lang gewartet hab. Ich war sicher, du schaffst es allein.«

Eine komische Vorstellung drängte sich ihr auf. Man müsste eine Erinnerung fotografieren können, wenn sie doch so klar war wie diese, sie sah sein Gesicht, die vier kleinen Bartstoppeln unter der Nase, den winzigen roten Schnitt am Kinn. Wie nervös er beim Rasieren gewesen sein musste, sonst schnitt er sich nie.

Ich war sicher, du schaffst es allein. Klang da Bedauern mit? Bewunderung?

Seltsam, wie Sätze hängen blieben. Manche trafen wie Pfeilspitzen, die man nicht herausziehen konnte, hinterließen jahrelang eiternde Wunden. Sie gaben einem das Gefühl, weniger wert zu sein als andere, so wie der Satz, mit dem der Lahnhofer ihre Jugend vergiftet hatte: *Das wäre ja noch schöner, wenn ledige Kinder schon was wollen dürften!* Nicht nur: nichts sagen dürfen. Nichts wollen dürfen!

Was stand auf der Parte? *Franz Lahnhofer, geliebter Vater, Großvater, Urgroßvater etc. etc., betrauert von seinen Söhnen.* Keine Rede von seiner Tochter. Wenigstens ihren Namen hätten sie doch hinschreiben können. Niemand wusste, was aus ihr geworden war. Angeblich hatte er in den letzten Jahren nach ihr gesucht.

Wie kam sie dazu, immer wieder an Leute zu denken, an die sie nicht denken wollte? An Peter wollte sie denken, nicht an ihren alten Dienstherrn, der sie jahrelang ausgebeutet hatte, der ihren Mann um sein Recht betrogen hatte, der ihn bei der Geheimen Staatspolizei angezeigt hatte. Der verdiente es nicht, dass man an ihn dachte! Sie jedenfalls würde ihn streichen aus ihrem Gedächtnis.

Bevor sie ihr Haus verlassen hatte, hatte sie sämtliche Schubladen ausgeräumt, einen Sack voll Krempel weggeworfen. Was sich nicht alles ansammelte in achtundsechzig Jahren, Zeug, von dem man einmal gedacht hatte, es könnte irgendwann von Nutzen sein. Korken, Gummibänder, Deckel, die auf keinen Behälter passten, sorgfältig aufgewickelte Bindfadenreste, Notizzettel mit Mengenangaben für Rezepte ohne Namen. Ein Adressbuch fiel ihr in die Hand, sie blätterte darin und stellte fest, wie viele der darin verzeichneten Menschen längst gestorben waren. Andere Namen sagten ihr nichts, und doch mussten sie irgendwann Teil von Peters Leben gewesen sein, sonst hätte er sie nicht in das Buch aufgenommen. Er hatte ja viele Leute gekannt als Mitglied der Musikkapelle, als Gemeindesekretär und als Gewerkschafter. Wegen seiner schönen Handschrift hatte man ihn überall gedrängt, die Rolle des Schriftführers zu übernehmen. Einen Augenblick lang wollte sie die Verstorbenen aus dem Verzeichnis streichen. Irgendetwas hinderte sie daran.

Sie sollte jetzt wirklich schlafen. Das Beste wäre, an etwas Schönes zu denken. An das Höllental zum Beispiel. Peter hatte ein altes Steyr Waffenrad, aber sie war auch Fahrrad gefahren, wer hatte ihr ein Rad geborgt? Wann hatte sie Rad fahren gelernt? Bis Gloggnitz, nein, ein gutes Stück weiter, hatte sie noch Schwierigkeiten mit dem Gleichgewicht, wackelte hin und her, aber plötzlich traten ihre Füße ganz von selbst in die Pedale, sie fühlte den Wind im Gesicht und war nur mehr glücklich.

Beim Weichtalhaus steigen sie ab, tragen die Räder hinunter zum Fluss. Fast schwarz fließt die Schwarza, wo ihr große Steine den Weg versperren, sprüht weiße Gischt hoch, schäumt und glitzert. Libellenflügel funkeln in allen Regenbogenfarben, im Wasser stehen Forellen reglos, schlagen nur hin und wieder mit den Flossen. Die weißen Kiesel in der Bucht sind warm von der Sonne. Ein Bussard kreist über der Schlucht.

Ein Kribbeln in den Fußsohlen weckte sie, sie suchte den Weg zurück in die Erinnerung und fand ihn nicht sofort wieder. Doch: Auf dem Heimweg, da war die kurze Rast auf der Brücke gewesen, der Eisvogel, der wie ein blauer Lichtstrahl unter der Brücke aufgeblitzt war, und Peter, der ihre Hand so fest gedrückt hatte, dass sie aufjaulte. Sie drehte an ihrem Ehering, den sie schon lang nicht mehr über den Knöchel ziehen konnte. Aber seit ein paar Monaten ließ er sich wieder bewegen.

Beim Teigkneten hatte sie den Ring abgenommen, sonst nie.

Strudelteig musste besonders gut geknetet werden, bis er seidig glänzte, sonst ließ er sich nicht ausziehen. Die Apfelstrudel, die sie gebacken hatte, würden gewiss einmal um die Welt reichen oder weiter, vielleicht bis zum Mond. Sie war stolz gewesen auf ihre Apfelstrudel, hauchdünn war der Teig gewesen, so dünn, dass man die Zeitung durch den Teig hätte lesen können. Nicht, dass sie das jemals versucht hätte. Alle jungen Frauen im Dorf waren zu ihr gekommen, um das Geheimnis ihres Apfelstrudels zu erfahren.

Wann hatte es eigentlich begonnen, dass Leute bei ihr anklopften, sie um Rat fragten? Schwer zu sagen. In den ersten Jahren war sie die Dirn vom Lahnhofer gewesen, vermutlich hätten die meisten nicht einmal ihren Namen gewusst, eine

Dirn war eine Dirn und gehörte zum Hof wie die Kühe. Nach der Heirat hatten sich viele das Maul darüber zerrissen, dass ein gestandener Bauer, einer der Ihrigen, eine Ledige heiratete, eine Zugereiste noch dazu, aber andererseits, schon sein Vater hatte das letzte Stück Wald verkaufen müssen für die Arztrechnungen, und geholfen hatte alles nichts, wenn seine Mutter ihre Anfälle hatte, lag sie da mit Schaum vor dem Mund und verdrehten Gliedern, zum Fürchten sah das aus. Eine andere, sagten die Leute, hätte sich wahrscheinlich gescheut, auf den Hof zu ziehen. Peter machte auch kein Geheimnis aus seiner politischen Einstellung, da hieß es bald, das rote Gesindel könne nichts als Kinder machen.

Mehr als fünfzig Jahre war es her, und immer noch schnürte die Erinnerung Johanna die Kehle zu: Sie war zur Lahnhoferin gegangen und hatte um einen halben Laib Brot gefragt. »Hättest nicht so viele Kinder gekriegt«, sagte die Bäuerin. »Unsere Rösser brauchen auch Brot.«

Zum ersten und letzten Mal hatte sie um etwas gebeten. Danach nie wieder.

Johanna atmete tief ein und langsam aus. Wie oft waren sie und Peter ohne Abendessen ins Bett gegangen, die Kinder aber waren immer satt geworden, das hatte ihre Tochter erst unlängst wieder erwähnt, als die Familie zusammensaß. Einer der Söhne hatte behauptet, die Knödel, die die Mutter früher gekocht hatte, wären die besten der Welt gewesen, viel besser als alles, was er seither gegessen hatte. Es war Johanna immer noch ein Rätsel, wieso die Knödel nicht im Wasser zerfallen waren, so ganz ohne Ei, das doch nötig war, um den Teig zu binden. Berge von diesen Knödeln hatte sie gemacht. Einmal achtzig an einem Tag.

Hunger hatten ihre Kinder nie leiden müssen. Darauf war Johanna stolz.

Natürlich hatten sie mithelfen müssen, anders wäre es gar nicht möglich gewesen, aber sie glaubte auch heute nicht, dass es ihnen geschadet hatte. Sie waren doch auch stolz gewesen, wenn sie einen Korb voll Löwenzahn für die Kaninchen, eine Kanne voll Heidelbeeren, einen Rucksack voll Föhrenzapfen für den Herd heimbrachten. Natürlich hatten sie gemault, wenn sie im Küchengarten Unkraut zupfen mussten, wer zupfte schon gern Unkraut? In einer großen Familie musste jeder mit anpacken. Vielleicht hatte sie wirklich von den Söhnen weniger verlangt als von den Töchtern. Möglich. Das war normal damals. Vieles hatte sich seither geändert, war besser geworden. Wenn die Leute von der guten alten Zeit redeten, wurde sie wütend. Die hatten ja keine Ahnung.

Wo war sie stehen geblieben? Sie hatte versucht, den Punkt zu finden, an dem sie nicht mehr scheel angesehen worden war, mit dieser widerlichen Mischung aus Geringschätzung und Mitleid, weil sie doch gar so viele Kinder gehabt hatte und die kranke Schwiegermutter dazu.

Der Gemeindearzt kommt ins Dorf, um die Zweijährigen gegen die Pocken zu impfen. Johanna zeigt ihm eine nässende Stelle hinter Marthas Ohr, da wäre es doch besser, mit dem Impfen zu warten. Was sie sich denn vorstellt, soll er ein zweites Mal den weiten Weg machen, nur wegen ein paar Kratzern? Zwei Tage später hat das Kind Schüttelfrost, die Haare kleben schweißnass am Kopf, die Haut glüht. Das Fieber steigt und steigt. Zwei Nachbarinnen bringen geweihte Kerzen, stellen sie ans Kopfende des Bettes, zünden sie an, beten den Rosenkranz. *Du bist gebenedeit unter den Weibern, und gebenedeit ist die Frucht Deines Leibes …* Guter Gott, die tun ja, als wäre das Kind schon tot! Gehen sollen sie. Nein, das wäre noch schlimmer, Peter ist ja in der

Schicht. *Gegrüßet seist du, Maria, voll der Gnaden ...* Johanna macht kalte Wickel, wischt den Schweiß von der Stirn ihrer Tochter. *Gegrüßet seist du ...* Wasser! Himmelmutter, hilf meinem Kind! Kaum hat sie die Tücher um den kleinen Körper gewickelt, steigt Dampf auf. *Gegrüßet seist du ...* Wieso hat das Wimmern ausgesetzt? Sie beugt sich vor, hört nichts, doch, das Kind atmet, ziehend, ganz schwach, aber es atmet. *Gegrüßet seist du, Maria ...* Eine Nachbarin ist eingenickt. In der Morgendämmerung blinzelt Martha, gähnt und streckt sich. »Hunger, Mami!«

Halleluja.

Natürlich war das Wunder Dorfgespräch. »So gut wie tot war die Kleine, das kannst du mir glauben«, hieß es. Nicht lang danach klopfte eine Frau nachts an Johannas Tür, weil ihr kleiner Bub hoch fieberte. Johannas Essigpatscherln, ihre kalten Wickel halfen gegen das Fieber, mit einem Ölfleck auf der Brust schlief das Kind bald ein. Johanna wusste selbst nicht, woher sie gelernt hatte, was zu tun war. Hatte wohl hier und dort etwas aufgeschnappt, ausprobiert, Augen und Ohren offen gehalten, das hatte früh begonnen, wenn sie die Ziehmutter begleitete, die oft zu Hilfe gerufen wurde, weil kein Arzt in der Nähe war, weil die Leute kein Geld hatten und es eine Krankenkasse noch lange nicht gab.

Es war neu für Johanna gewesen, von Fremden um etwas gebeten zu werden. Sie war sich wichtig vorgekommen, und es war ein gutes Gefühl gewesen. Plötzlich steht wie eine Szene aus einem Film ein Samstagabend im Gasthaus vor ihr, sie spürt schon das Kind im Bauch, mitten im ärgsten Lärm gibt es einen Augenblick lang völlige Stille, in die hinein sagt der alte Mann am Ecktisch: »Könnt ihr euch überhaupt vorstellen, wie schrecklich es ist, immer der sein zu müssen, der etwas bekommen muss?«

Warum sieht sie sich gleich darauf neben Peter auf der Brücke stehen und in die Schwarza starren, die Hochwasser führt? Was da alles vorbeitreibt, auftaucht, untergeht, sich aufbläht, so genau will sie es gar nicht wissen, etwas Sperriges verfängt sich an den Brückenpfeilern.

Erinnern war nicht gut für sie, stellte sie fest, und hatte gleichzeitig das Gefühl, dass jetzt genau das ihre Aufgabe war. Schuld war die Lehrerin, die von der Zeitzeugin gesprochen hatte. Obwohl sie sofort abgelehnt hatte, fiel ihr die Bitte immer wieder ein. Nein, eine Zeitzeugin war sie nicht. Die meiste Zeit ihres Lebens hatte sie kaum Ahnung davon gehabt, was draußen in der Welt geschah. Der Lahnhofer war zornig geworden, wenn er sie beim Zeitunglesen erwischte. »Das ist nix für dich, das geht dich nix an.«

Wenn später im Wirtshaus der letzte Gast gegangen, das letzte Glas gespült, der letzte Tisch abgewischt war und sie ins Bett fallen konnte, versuchte sie manchmal noch die Zeitung zu lesen, aber die Buchstaben verschwammen vor ihren Augen. Der Lahnhofer hatte über die Nazis geschimpft, also hatte sie gedacht, die Nazis müssten die Guten sein, aber als dieser Hitler in Österreich einmarschierte, hatte der Lahnhofer schon am nächsten Tag eine Armbinde mit dem Hakenkreuz auf der Joppe getragen, und die Hahnenfedern von seinem Hut hatte er auf den Misthaufen geworfen. Das Dollfußbild im Herrgottswinkel hatte die Lahnhoferin abgenommen, in ein Tuch eingeschlagen und ins unterste Fach in ihrem Schrank gelegt. Peter hatte gesagt, die Nazis nannten sich »Nationalsozialisten«, um den Leuten Sand in die Augen zu streuen, mit Sozialismus hätten sie nichts im Sinn und mit Solidarität schon gar nichts.

Vielleicht war das Dorf einfach zu klein für die großen Ereignisse. Als der Krieg begann, hielten nach und nach

54

Volksempfänger Einzug in die Herrgottswinkel über den Küchentischen. Sie konnten sich auch dieses Radio nicht leisten, Peter meinte, das wäre kein Schaden, die Nachrichten wären sowieso erstunken und erlogen.

Heute lief natürlich in jedem Haus der Fernsehapparat von früh bis spät, egal ob jemand zusah oder nicht. »Das ist zu traurig, da mag ich gar nicht hinschauen.« Wer hatte das erst vor ein paar Tagen zu ihr gesagt, und worum war es gegangen? Zuschauen, Wegschauen. So ähnlich war es mit dem Erinnern, nur gab es da keine Fernbedienung, es ließ sich nicht so leicht abschalten und anschalten auch nicht.

Sie hatte sich damals vorgenommen, dem Gemeindearzt gründlich die Meinung zu sagen. Er sollte wenigstens wissen, was er angerichtet hatte, weil er zu bequem gewesen war, ein zweites Mal ins Dorf zu fahren. Sie hatte ihn aufmerksam gemacht auf den Ausschlag, aber er hatte nicht auf sie gehört. Von der Universität sollte er sich sein Lehrgeld zurückholen, wollte sie ihm sagen, was war das für ein Studium, wenn ein Arzt ein Kind beinahe umbrachte, weil er nicht bereit war ernst zu nehmen, was die Mutter sagte, weil er ihr nicht einmal zuhörte, weil er das Kind nicht einmal richtig anschaute. Am liebsten wäre sie gleich losgezogen, das war natürlich unmöglich, sie musste sich ja um ihr krankes Kind kümmern. Dann hatte die Schwiegermutter einen ihrer Anfälle, dann waren die Mostbirnen einzumaischen, dann gab es Eierschwammerln und Steinpilze zu sammeln, dann waren die Brombeeren reif, dann mussten Äpfel gepflückt, die Erdäpfel herausgenommen werden, dann hatte die Älteste die Röteln, dann kam die Schwägerin mit einem größeren Auftrag und Johanna musste wieder einmal um halb vier aufstehen und sich an die Strickmaschine setzen. Alles gute Gründe, warum sie keine Zeit hatte, nach Gloggnitz zu gehen, aber der wirkliche Grund waren sie doch nicht. Heute konnte sie es ja zugeben, mitten in der Nacht und allein mit ihren Gedanken. Heute war sie nicht mehr die, die sie gewesen war. Heute könnte die Scheu vor dem wichtigen Mann ihrem Zorn nicht mehr die Spitze brechen. Das Schlimme war ja immer gewesen, dass ihre hilflose Wut gegen die Mächtigen sich zuerst gegen sie selbst wandte. Es hatte eben Leute gegeben, vor denen sie sich wie eine Bittstellerin vorgekommen war. Der Doktor hatte dir nie in die Augen geschaut, sondern einen Punkt direkt über deinem Kopf angestarrt, da fühltest du dich richtig klein und viel zu unbedeutend, um ihm seine kostbare Zeit zu stehlen.

Vier Jahre später stolperte Martha mit einem Stamperl voll Essigessenz in der Hand über die Türschwelle, Essig spritzte ihr in die Augen. Drei Monate lang war die Sechsjährige zum Gaudium ihrer Geschwister blind. Der Gemeindearzt verordnete Umschläge und Tropfen, die ebenso wenig halfen wie Johannas in Milch getauchte Wattebauschen. Im August kam Marthas Taufpatin zu Besuch. Tante Grete hatte viel gehört von der heilkräftigen Wirkung der Quelle hinter dem Hochaltar von Maria Schutz, ganz besonders gegen Augenkrankheiten aller Art, und schlug eine Wallfahrt mit Johanna und ihrem Patenkind vor.

Im Erstkommunionskleid der älteren Schwester, aber mit nagelneuen weißen Schuhen, einem Geschenk der Tante Grete, nehmen sie Martha in die Mitte, die stolpert auf dem Waldweg mehrere Male, sonst stolpert sie doch nie, aber sie beklagt sich nicht. Im Autobus von Gloggnitz nach Maria Schutz wird das Kind auf und ab geworfen, Johanna

56

bekommt Angst, es könnte vom Sitz fallen, leicht, wie es ist. Die Menschenschlange in der Kirche bewegt sich quälend langsam an den Bänken vorbei, nach einem Kniefall vor dem Hochaltar schwenken sie nach links zu dem kleinen Brunnen. Johanna wäscht beide Augen ihrer Tochter mit einem Wattebausch, Tante Grete folgt ihrem Beispiel. Hinter ihnen beginnen die Leute zu murren, aber sie müssen noch die kleinen Flaschen mit dem Wasser der Quelle füllen, dann nehmen sie das Kind wieder in die Mitte. Tante Grete wendet sich zum Ausgang. »Also wenigstens ein *Gegrüßet seist du, Maria* müssen wir doch beten«, flüstert Johanna. Tante Grete nickt. Später, an der Bushaltestelle, drängt alles zum Einstieg, die Ellbogen zur Seite gestreckt, viele schimpfen, angst und bang könnte einem werden. Johannas Brüste spannen, sie spürt, wie ihre Bluse feucht wird, und daheim ist die jüngste Tochter sicher längst aufgewacht und hungrig. Tante Grete holt tief Atem, ihr enormer Busen wird größer und größer, es ist, als marschierten sie und ihr Patenkind hinter ihm her. Daheim sieht Johanna die blutigen Blasen an den Füßen der Tochter und erschrickt.

Wochenlang machte sie Umschläge mit dem Wasser von Maria Schutz. Johanna wusste nicht mehr genau, wie lange es gedauert hatte, bis die Tochter wieder klar sehen konnte, es blieb eine Narbe in einem Auge, aber die störte nicht. Die Wallfahrt nach Maria Schutz hatten sie seither in keinem Jahr ausgelassen, sie hatten auch immer Wasser von der sprudelnden Quelle hinter dem Hochaltar heimgebracht, da konnte Peter über Aberglauben spotten, so viel er wollte.

Wenn er sich über Unrecht empörte, dann war es das Unrecht überhaupt, das Unrecht der ganzen Welt. »Mir reicht, was vor meiner Nase passiert«, sagte Johanna dann. »Mir reicht das, wo ich zuständig bin.«

Manchmal dachte sie, dass Peter vor lauter Zuständigkeit für die großen Fragen vergaß, sich um die kleinen zu kümmern.

Der Enkel besuchte sie, der ihrem Mann so ähnlich sah.

»Nicht einmal einen Kaffee kann ich dir machen!«

»Oma, wir haben doch gerade Kaffee getrunken.«

»Aber nicht meinen.« Sie schüttelte den Kopf über sich selbst, aber das änderte nichts an der Tatsache, dass es sie störte. Blöder Bub. Warum musste er sie dabei erwischen, wie lächerlich sie sich machte?

Auch seine Hände waren die seines Großvaters. Unlängst hatte sie vom Fenster aus zugesehen, wie er das Gras zwischen den Stauden mit der Sense gemäht hatte, mit den gleichen Schwüngen, im gleichen Rhythmus wie Peter.

Jakob stand auf. »Ich geh dann nach Hause.« Nach Hause? Natürlich ging er nach Hause. Er wohnte nicht mehr hier bei seiner Mutter, er war ein verheirateter Mann mit einer Frau und einem kleinen Sohn. Manchmal vergaß sie das, wenn sie ihn so ansah, mit der widerspenstigen Strähne am Hinterkopf.

Ihre Füße wollten nicht warm werden, obwohl sie die dicken Schafwollsocken angezogen hatte. Die Kälte begann immer in den Füßen und arbeitete sich langsam hinauf, wenn sie sich einmal ums Herz krallte, war es vorbei. Nicht, dass sie sich vor dem Tod fürchtete. Seit Jahren war immer sie gerufen worden, wenn im Dorf ein Mensch gestorben war. Sie hatte geholfen, die Toten zu waschen und anzuziehen, sie hatte ihnen das Kinn hochgebunden, wie es sich gehörte, damit sie nicht später, wenn die Leichenstarre einsetzte, mit offenem Mund aussahen, als wollten sie einen letzten Schrei ausstoßen. Auch Gesichter, die Zeit ihres

Lebens verkniffen und misstrauisch ausgesehen hatten, wirkten im Tod gelöst, fast als hätten sie jetzt ihren Frieden gemacht mit der Welt.

Sie steht in einer fremden Stube neben einer alten Frau, da ist noch eine schluchzende Junge, die Alte herrscht sie an, sie soll aufhören, so ein Theater zu machen, auf dem großen Tisch liegt ein Toter, sie haben ihn gewaschen, die Eimer stehen noch da, jetzt ziehen sie ihn an. Gerade knöpft die Alte das weiße Hemd zu, da geht die Tür auf, ein junger Mann tritt herein, geht auf den Tisch zu. Die zwei Frauen erstarren, die jüngere schlägt beide Hände vor die Augen. Der junge Mann bleibt stehen, sein eben noch vorgeschobenes Kinn senkt sich, die Mundwinkel beginnen zu zittern, die Härte ist aus seinem Gesicht verschwunden. Er und der Tote auf dem Tisch schauen einander sehr ähnlich. Die alte Frau umarmt den jungen Mann.

Johanna fragte sich, warum gerade dieses Bild in ihrem Kopf aufgetaucht war, musste beinahe lachen, dass sie den Bauern nicht erkannt hatte, den Besitzer des größten Hofes im Dorf, und die Bäuerin, die bis zu dem Tag kaum für ihren Gruß gedankt hatte. Der Bauer und sein Sohn waren jahrelang im Streit gelegen, hatten kein Wort miteinander gewechselt. Vielleicht hatte der Sohn beim toten Vater etwas gesehen, das der Lebende immer vor ihm versteckt hatte. Früher hatte sie nicht darüber nachgedacht, was es war, das die Gesichter der Toten so anders machte, es war einfach eine der Tatsachen des Lebens gewesen, so wie der veränderte Klang der Stimmen in einem Zimmer, in dem ein Toter aufgebahrt lag. Irgendwie machten diese veränderten Gesichter es leichter, fast selbstverständlich, auch bei denen, von denen man im Leben nichts Gutes erfahren hatte, den Zweig vom

Lebensbaum ins Weihwasser zu tunken und ihnen behutsam spritzend Frieden zu wünschen. Es bedeutete ja nicht etwa, alles Vergangene zu vergessen, das nicht, aber die Bitterkeit verätzte einem nicht mehr bei jedem Atemzug den Hals.

Eigentlich schade, dass Totenwachen daheim jetzt verboten waren und die Verstorbenen so eilig, womöglich noch am selben Tag vom Bestatter abgeholt werden mussten. Neuerdings von der Bestatterin. Es ging alles viel zu schnell, so vieles blieb unerledigt, weil alles auf der Welt einfach seine Zeit brauchte. Wenigstens die Toten sollte man richtig anschauen, wenn sich schon niemand die Zeit nahm, die Lebenden richtig anzuschauen. Das war doch die letzte Gelegenheit, einen Menschen kennenzulernen. Sie schüttelte den Kopf, war froh, dass die Tochter mit einer Tasse Kräutertee kam.

»Warum sitzt du denn im Finstern, Mama?«

»Wenn die Kapelle bei meiner Beerdigung spielt, dann schaust du aber schon, dass alle Musiker nachher ein ordentliches Essen bekommen, gelt? Nicht nur ein Paar Würstel.«

»Sowieso, Mama.«

»Das Geld ist in dem schwarzen Portemonnaie in der Kommode.«

»Ich weiß.«

»Man will doch keine schlechte Nachrede haben.«

»Darum musst du dir keine Sorgen machen. Wirklich nicht! Um die Nachrede, die du einmal haben wirst, wird dich so manche beneiden. Aber du sollst lieber an was anderes denken.«

Die Tochter schaltete den Fernsehapparat ein. Ein Chamäleon von unglaublich knalligem Grün füllte den ganzen Bildschirm, öffnete das Maul einen Spalt, eine rosarote Blase quoll heraus, dann schoss die an ihrer Spitze verdickte, klebrige Zunge mit einer solchen Wucht hervor, dass Johanna unwillkürlich zurückzuckte.

»Schau dir das an! Da möchte man keine Fliege sein.«

Die Tochter blickte von ihrer Näharbeit auf. »Erinnerst du dich an die Geschichte vom Tapferen Schneiderlein? Die Lehrerin hat sie uns erzählt, und dann haben wir gelauert, ob du auch sieben auf einen Streich erwischst.«

»Aber ich hab sie aus der Luft gefangen! Mit der Fliegenklatsche wär's leichter gewesen.«

Sie fingen gleichzeitig an zu lachen.

Egal wo man anfing zu denken, man landete doch immer wieder beim Sterben und beim Tod. Sie fand das nicht schlimm. Die einen plagten sich eben mehr damit als die anderen, aber im Gegensatz zu anderen Arbeiten musste diese Arbeit jeder Mensch selbst verrichten, keiner konnte sie einen anderen für sich erledigen lassen.

Wirklich schlimm fand sie es, wenn Menschen sterben mussten, die nie gelebt hatten. Wie die Tochter auf dem Nachbarhof, die Reserl, die ihr Vater mit dem Ochsenziemer verdroschen hatte, als er sie mit einem Burschen erwischte. Sechzehn war sie, hübsch und fröhlich, sang im Kirchenchor. Dann begann sie anders zu werden, setzte die Füße komisch beim Gehen, ließ ständig alles fallen, redete wirr. Ein Blitzschlag traf den Vater, die Mutter versuchte die Tochter zur Vernunft zu prügeln, niemand wollte wahrhaben, dass es die Erbkrankheit war, die schon viele in der Verwandtschaft geschlagen und zuletzt umgebracht hatte. Einmal rannte die Tochter mit der Axt in der Hand hinter der Mutter her durchs ganze Dorf, die Frauen sperrten sich in ihren Häusern ein. Ein Arzt verschrieb starke Beruhigungsmittel. Die

Tochter stand fast nicht mehr auf. Die Mutter glaubte, dass die Tochter ihr zufleiß ins Bett machte, die Decken zerriss. Es lag ein Fluch auf dem Hof, darüber war sich das Dorf einig, stellte man eine Frage nach der Ursache, verstummten alle. Die meisten mieden den Hof, Johanna war eine der wenigen, die regelmäßig hingingen, von ihr ließ sich die Reserl waschen. Wenn die eigene Mutter sie anfasste, begann sie zu schreien.

»Warum tust du das?«, hatte die Kriegswitwe gefragt, die mit Reserls Mutter verschwägert war. Ihre verstorbenen Ehemänner waren Brüder gewesen, die beiden Frauen saßen allsonntäglich nebeneinander in der Kirche, vereint in ihrem Groll auf alle ihrer Ansicht nach ungerecht Bevorzugten. Johanna hatte nur mit den Schultern gezuckt. Was hätte sie sagen sollen? Sie tat, was sie für richtig hielt.

»Glaubst du, dass dir einer danken wird?«

Johanna erinnerte sich mit einer gewissen Genugtuung daran, dass sie die Nachbarin einfach stehen gelassen hatte und weggegangen war.

Nicht einmal zwanzig wurde die Reserl. Zuletzt war sie nur noch Haut und Knochen, so schrecklich viel Angst in den Augen.

Die Nachbarin geht mit ihr die Straße hinauf, der Wind reißt ihr das Hoftor aus der Hand. Sehr klein liegt die tote Reserl in dem zerwühlten Bett. Die Bäuerin hockt auf einem Stuhl in der Zimmerecke und klammert sich an ihrem Rosenkranz fest. Johanna holt Wasser, alle Kübel, die sie im Haus findet, füllt sie. Die Tote wiegt weniger als ein zehnjähriges Kind. Ihre Haare sind verfilzt, es ist nicht leicht, mit Kamm und Bürste durchzukommen. Die Nachbarin fragt nach einer Kerze, die Bäuerin schleppt sich in die Küche, Laden werden aufgerissen, etwas kollert über den Boden, dann kommt die Bäuerin zurück mit einer Erstkommunionskerze. Das Wachs muss einmal weich geworden sein, die Kerze ist verbogen und staubig, die Tüllrüsche zerdrückt. Die Bäuerin sucht Streichhölzer. Als die Nachbarin fragt, ob sie Wäsche und ein Kleid für die Tote hergerichtet hat, verschwindet sie in ihr Zimmer. Johanna leert das Wasser in den Hof. Der Wind hat noch zugelegt, die Wolken, die über den Mond treiben, haben giftig gelbe Ränder. Johanna geht zurück in die Stube, die Bäuerin hockt wieder in der Ecke.

Johanna schaut die schäbige zerrissene Unterhose an mit dem ausgeleierten Gummizug und ihr kommt vor, als wäre das eine letzte Kränkung für die arme Tote. Sie läuft nach Hause, nimmt eine neue Hose aus ihrem Schrank. Zu weit ist sie natürlich, aber schön weich.

In dem frisch überzogenen Bett sieht die Reserl fast zufrieden aus. Vielleicht liegt das daran, dass ihr die Nachbarin die Augen zugedrückt hat.

Johanna fragte sich, ob die Bäuerin überhaupt noch an die Reserl dachte. Nicht lange nach ihr war ihr ältester Bruder an der Krankheit gestorben, die sie vom Vater geerbt hatten. Damit, sagten die Leute, müsse es Schluss sein, denn es hieß, dass die Chancen fünfzig zu fünfzig stünden, die Krankheit zu erben. Die Bäuerin hatte vier Kinder geboren, nun waren zwei gestorben, also, rechnete das Dorf, gäbe es nun keine Gefahr mehr. Der jüngere Sohn würde den Hof übernehmen, die Tochter heiratete in ein Nachbardorf. Der Sohn war fleißig, heiratete ein bildhübsches und obendrein tüchtiges Mädchen, sie bekamen zwei Töchter, dann einen Sohn und noch eine Tochter, und an manchen Tagen konnte sogar die Altbäuerin freundlich dreinschauen. Als der Gang des jungen Bauern an den Gang seiner Schwester zu erinnern begann, als ihm beim Essen der Löffel aus der Hand fiel, war es für die Altbäuerin klar, dass daran nur die Schwiegertochter schuld sein konnte. Johanna erinnerte sich genau, wie sie in der Milchkammer standen und die Altbäuerin mit diesem »Ich weiß, was ich weiß«-Ausdruck im verkniffenen Gesicht flüsterte: »Mein Bub ist nicht krank, sie lasst ihm nur keine Ruh in der Nacht.« In diesem Augenblick hatte Johanna kein Mitleid mit der alten Frau, und es tat ihr auch im Nachhinein nicht leid, dass sie ihr direkt ins Gesicht gesagt hatte: »Mach dir nix vor. Vom Schnackseln kriegt man die Krankheit nicht, die hat er geerbt, und du kannst Gott danken, dass er eine Frau hat, die zu ihm steht.« Die Last, die das Schicksal der Altbäuerin aufgebürdet hatte, war schwer genug, aber sie machte alles noch schlimmer mit ihrer Missgunst, ihrer Mieselsucht, ihrem ewigen Nörgeln. Egal wie sehr sich die Schwiegertochter bemühte, sie konnte ihr nichts recht machen. Johanna gewöhnte sich an, immer etwas früher um die Milch zu gehen, dann hörte sie sich im Stall an, welche Giftpfeile die alte Frau an diesem Tag wieder losgeschossen hatte. Als Einzige widersprach Johanna den ungerechten Anschuldigungen immer wieder offen. Sie wusste, wie zwecklos das war, aber sie konnte die Sticheleien und Anzüglichkeiten ebenso wenig hinnehmen, als wären sie gegen sie selbst gerichtet gewesen. Manchmal wunderte sie sich, dass die junge Frau nicht ihre Sachen packte und mit ihren Kindern davonging.

War es möglich, dass sie den Mann immer noch liebte, den die Krankheit so furchtbar verändert hatte? Johanna hatte ihn noch gekannt als den hilfsbereitesten von allen Bauern im Dorf, einen lebenslustigen jungen Mann, der zupacken konnte, dem keine Arbeit zu viel war. Es begann schleichend,

Werkzeug fiel ihm aus den Händen, er wurde ungeschickt, schaffte plötzlich etwas nicht, was er immer schon gekonnt hatte, er begann zu trinken, das machte alles noch schlimmer. Es kam vor, dass er nach seiner Frau warf, was er gerade erreichen konnte, dass er sich und das Bett mit Kot beschmierte und tobte. Er will das nicht, sagte seine Frau, es ist so schrecklich für ihn, hilflos zu sein. Sie hatte vier Kinder, das älteste Mädchen neun Jahre alt, einen Hof mit acht Milchkühen zu versorgen, eine böse Schwiegermutter und einen kranken Mann. Lange Zeit war er nicht bereit, zu einem Arzt zu gehen, es hätte wohl auch wenig genützt, bei dieser Krankheit gab es keine Heilung, es war nur möglich, die schreckliche Spannung zu beruhigen, das Elend erträglicher zu machen.

Auch wenn viele das Haus mieden, als wäre das Unglück ansteckend, das den Hof und seine Bewohner befallen hatte, ging Johanna darin ein und aus wie früher, sogar der Kranke schien sich über ihre Besuche zu freuen. Die junge Frau war ihr ein Rätsel. Lag es an ihrem Glauben? Einmal sagte sie, sie hätte doch vor dem Altar versprochen, ihren Mann zu ehren und zu lieben, in guten und in schlechten Tagen, in Gesundheit und Krankheit. Und dieses Versprechen werde sie halten.

Konnte man wirklich beschließen zu lieben? War es möglich, eine Liebe lebendig zu halten, wenn der Mensch, den man liebte, ein anderer geworden war, wenn an ihm nichts mehr liebenswert war? Konnte die Erinnerung an den, der er gewesen war, genügen? Konnte Liebe Pflicht werden? War das dann noch Liebe? Die junge Frau hatte nicht diesen verkniffenen Mund, den manche pflichtgetreue Frauen trugen wie einen Beweis ihrer Tugend, sie konnte lachen, sogar in den allerschlimmsten Tagen. Im Vorübergehen strich sie ihrem Mann oft über Kopf und Stirn.

Eigentlich hätte die Altbäuerin Gott danken müssen für diese Schwiegertochter. Sie hätte versuchen müssen ihr zu helfen, wo sie konnte, stattdessen machte sie ihr das Leben nur noch schwerer mit ihren ewigen Vorwürfen. Sie hätte doch Verständnis haben müssen, schließlich kannte sie vieles von dem, was die Junge mitmachte, hatte es selbst erlebt. Woran lag es, dass die eine darüber bitter und böse geworden war, die andere mitfühlend und freundlich? Was war das Geheimnis?

So viele Steine am Weg, so viele Verletzungen, so viel Traurigkeit. So viele Schicksale in einem Dorf mit nicht einmal dreißig Häusern. Menschliche Größe und Niedertracht.

Begraben hatten sie ihn als den, der er bis sechs, sieben Jahre vor seinem Tod gewesen war, ein geachtetes Gemeindemitglied, ein tüchtiger Bauer, Mitglied der Freiwilligen Feuerwehr und der Pfarrgemeinde, mit einem feierlichen Requiem mit Orgelmusik und Kirchenchor. Die Musikkapelle spielte am offenen Grab und das ganze Dorf war zum Leichenschmaus im Grünen Baum geladen. Einige Trauergäste erzählten Geschichten aus der Kindheit und Jugend des Verstorbenen, es wurde viel gelacht. Ein schönes Begräbnis, sagten alle.

Manchmal fällt mitten im Lärm einer größeren Gesellschaft eine Stille ein wie dichter Nebel, in eine solche hinein fragte die Pürklmutter: »Ich möchte nur wissen, wie viele von denen, die jetzt hier sind, ihn im letzten Jahr besucht haben«, und weil sie sich selbst nicht hören konnte, sagte sie es laut.

Der Jagdpächter stand auf und erzählte von einer Wildschweinhatz, bei der er sich ebenso im Gestrüpp seiner Geschichte verirrte wie damals vor vielen Jahren im Wald.

Das Gedächtnis war doch sehr seltsam, stellte Johanna wieder einmal fest. Es bewahrte Dinge ohne Rücksicht darauf, ob sie noch zu irgendetwas nütze sein konnten, manchmal fehlten gerade die wichtigsten Teile, manchmal wusste man nicht, wohin etwas gehörte, manchmal versuchte man etwas hervorzuziehen und etwas anderes fiel einem auf den Kopf, und ehe man sich's versah, hatte man eine dicke Beule, die ganz schön weh tat, und wusste nicht, womit das alles angefangen hatte.

Warum fiel ihr Sperrmüll ein? Bei der Sperrmüllsammlung kamen immer irgendwelche Leute, zogen und zerrten an einem Stück in dem Haufen, bis alles ins Wanken kam und die Trümmer dahin und dorthin flogen. Vielleicht hatte die Gemeinde deswegen aufgehört, die Sachen abzuholen, und man musste sie jetzt am Bauhof deponieren. Aber was man tun sollte, wenn man kein Fahrzeug hatte, daran dachte keiner. Die Herrschaften konnten sich nicht vorstellen, dass es noch Menschen ohne Auto gab. Seit einigen Jahren klapperten Ungarn – oder waren es Rumänen? – mit Lastwagen die Dörfer ab.

Strahlend vor Stolz hatte ihr Sophie gezeigt, was sie aus dem Sperrmüll gerettet hatte: einen Schemel, mehrere Bilderrahmen, einen kleinen Tisch. Sie hatte die Stücke gewaschen, abgebürstet, abgeschliffen, ausgebessert, poliert, lasiert, bemalt, fehlende Teile ersetzt. Sie war enttäuscht gewesen, als Johanna nur nickte und erklärte: »Wenn man ihn ordentlich putzt und poliert, ist ein alter Schuh keine Schand'.« »Aber Oma«, hatte sie gesagt, »hast du eine Ahnung, wie viel der Bilderrahmen jetzt wert ist? Den könnte ich mir gar nicht leisten!«

Johanna tätschelte die Hand ihrer Enkelin. Wie schmal sie war, wie verletzlich. Wie schnell das Strahlen aus ihrem

Gesicht verschwunden war. Auf die muss man aufpassen, dachte Johanna, mehr als auf meine anderen Enkelkinder.

»Du bist schon sehr tüchtig«, brummte sie.

Warum fiel ihr die Frau ein, die vor so vielen Jahren in aller Herrgottsfrühe vor ihrer Tür gestanden war, es war noch nicht sechs, Peter noch nicht von der Nachtschicht zurück, die Kinder schliefen, keine Ahnung, wo die Frau die Nacht verbracht hatte. Völlig ausgefroren war sie, am liebsten wäre sie in den Küchenherd hineingekrochen. Johanna hatte der Fremden einen Becher Kaffee und ein Stück Brot gegeben, und weil sie doch noch einen ganzen Stapel von der gestrickten Wäsche im Schrank liegen hatte, hatte sie eine warme Unterhose und ein Unterhemd dazugelegt. Als sie dann später Milch holen ging, hingen die Wäschestücke über den Brombeerruten am Nachbarzaun ausgebreitet. Heute noch könnt' ich ihr eine runterhauen, dachte Johanna und musste über sich selbst lachen, sie war doch sonst nicht so nachtragend. Plötzlich wusste sie, warum ihr Hirn die Erinnerung an die Frau aus der großen Kiste hervorgezaubert hatte, und wusste auch, wie vergeblich das Ablenkungsmanöver war.

Nein, sie wollte nicht an die Tochter der Nachbarin denken, nicht erinnert werden an die Zeit, wo sie sich hilflos gefühlt hatte wie nie zuvor, wo sie nur zwischen zwei ganz und gar gleich falschen Möglichkeiten wählen konnte. Wo schweigen genauso verkehrt war wie reden und jede Geste eine Kränkung.

»Es hat doch keinen Sinn«, sagte sie und schüttelte den Kopf. Das half auch nicht.

Dreizehn- oder vierzehnjährig steht sie da, noch mit dieser unwahrscheinlichen leuchtend blonden Lockenmähne, die

68

ihr den halben Rücken hinunterfällt, aber schon mit dem Ausdruck im Gesicht, der die Verlorenheit ankündigt, die bald über ihr zusammenschwappen wird. Es ist keine drei Monate her, seit die Klassenlehrerin der Mutter zugeredet hat, das Mädchen gehört ins Gymnasium, eine so begabte Schülerin hat sie noch nie gehabt, und jetzt starrt sie bei den einfachsten Aufgaben ins Heft und fängt an zu weinen. Die Mutter meint, das ist die Pubertät, die Großmutter schimpft über die Faulheit der heutigen Jugend und wüsste schon, was ihr fehlt, Johanna aber hat gesehen, wie das Mädchen die Füße setzt beim Gehen. Immer muss sie ihr auf die Füße schauen. Wenn das so weitergeht, stolpert die Arme noch über die Blicke, die können ja zu Klötzen auf dem Weg werden, aber genau so ist ihr Vater gegangen, so hat es begonnen beim Jungbauern, und daran will Johanna nicht denken. Wer weiß, Gedanken könnten doch Tatsachen hinter sich herziehen, und darüber sprechen will sie noch weniger, sie ist doch eine vernünftige Person, das war sie schon immer. Es war auch immer notwendig, vernünftig zu sein, wie wäre sie sonst zurechtgekommen mit allem?

Außerdem gibt es niemanden, mit dem sie über so etwas reden könnte. Seltsam befangen ist sie, wenn sie die Jung-bäuerin trifft, nicht einmal die alltäglichsten Dinge fallen ihr ein, sie vermeidet es, ihr ins Gesicht zu schauen. Herrgott, gib, dass ich mich irre! Sonst weiß sie doch immer, oder wenigstens meistens, was notwendig ist, und sie tut es auch. Es wäre ja noch schöner, darauf zu warten, dass die anderen tun, was getan werden muss, da könnte man lange warten.

Sie geht also die Dorfstraße hinunter. Wohin sie unter-wegs ist, weiß sie nicht, das ärgert sie auch, sie geht doch nicht einfach spazieren, sie hat etwas vor, aber es ist ihr ent-fallen, was es ist, sie sieht nur, dass die Sonne sehr tief steht.

Am Rand des kleinen Waldstücks lehnt das Mädchen an einer Birke, kein Muskel in seinem Körper, ein Wunder, dass es nicht in sich zusammenfällt. Johanna tritt sehr vorsichtig auf, um das Mädchen nicht zu erschrecken, aber das hätte sowieso nichts gehört und nichts gesehen, so weit weg, wie es ist.

Oft hieß es doch: Früher hätten Sie kommen müssen, da hätten wir noch etwas machen können, jetzt ist es zu spät! Aber wenn es wirklich die Krankheit war, dann war es schon von Anfang an zu spät, dann konnte ihr kein Herrgott helfen, und ein Arzt erst recht nicht.

Die Altbäuerin holte Johanna, weil die Schwiegertochter mit dem Traktor weggefahren war, sie wusste nicht einmal, auf welches Feld. Sie hätte die Enkelin ohnehin ans Bett gefesselt, aber die hätte eine Kraft entwickelt, nicht zu glauben, und mit den Füßen nach ihr getreten. Sie war gleich einverstanden, als Johanna vorschlug, sie solle einen Nachbarn bitten, die Mutter zu suchen, während sie selbst sich um die Kranke kümmern wolle. Es war schwierig, die Geschirrtücher zu entknoten, mit denen die Großmutter die Handgelenke des Mädchens an die Bettpfosten gefesselt hatte. »Still, ganz ruhig, halt doch still«, flüsterte Johanna.

Endlich gelang es ihr, einen Knoten zu lösen, die Hand fiel herab, das Mädchen starrte die eigene Hand an wie ein gefährliches Ding. Als beide Hände befreit waren, krallten sich die Finger in die Bettdecke, immer wieder trommelten die Fersen gegen die Matratze, der magere Körper bäumte sich auf. Vor jeder Berührung zuckte die Kranke so heftig zurück, dass ihr Kopf hart am Betthaupt aufschlug. Ein Traktor fuhr vor, das Hoftor wurde aufgerissen, die Jungbäuerin rannte in die Stube, nahm ihre Tochter in den Arm, von der die Spannung im selben Augenblick abfiel. Wie eine Puppe hing sie am Hals ihrer Mutter, schniefte kurz, hob den Kopf, damit Johanna ihren Polster aufschütteln konnte, ließ sich mit einem feuchten Lappen das Gesicht abwaschen und kuschelte sich in die Armbeuge ihrer Mutter. Sie seufzte, kurz darauf begann sie zu schnarchen.

In der Dunkelheit des Schlafzimmers berichtete Johanna Peter, was geschehen war.

Er verstand nicht, warum sie nicht früher davon geredet hatte, wenn es sie so sehr beschäftigte. Er sei doch ihr Mann. Deswegen war das Reden noch lange nicht einfach, und, ja, das sage ausgerechnet sie, die doch sonst so gern rede. Sie waren erschöpft, hatten das Gefühl, sie von ihm, er von ihr, beide von sich selbst, gezwungen zu werden, in Worte zu fassen, was sich nicht in Worte fassen ließ.

Diese Krankheit im Hof nebenan hatte etwas von der seltsam düsteren Erwartung, dieser schrecklichen Ruhe, knapp bevor zwei schwere Gewitter sich unten über dem Tal in die Quere kamen und nicht mehr hinausfanden, wenn kein Vogel mehr rief, der Wind plötzlich aufhörte, man nicht mehr richtig Luft holen und noch weniger ausatmen konnte. War es das, was man Schicksal nannte, mit Großbuchstaben geschrieben? Nicht bloß Leben, mit allem, was dazugehörte an guten und schlechten Erfahrungen, sondern SCHICKSAL.

Menschen brauchten Brot, brauchten Arbeit. Menschen brauchten einander, das war es, was Peter Solidarität nannte. Für sie war es einfach Leben. Tun, was zu tun war, den Tag kommen lassen. So wie man Hunde kommen lassen musste,

Kinder übrigens auch, es hatte keinen Sinn, sich ihnen aufzudrängen. Es war nur so schwer auszuhalten, wenn man gar nichts tun konnte, hilflos danebenstehen musste. An dem Abend hatte Peter gesagt: »Ich bin schon sehr froh, dass wir geheiratet haben.« Sie hatte gefragt, wie er jetzt darauf komme, da hatte er nur ihre Hand gedrückt.

Sie hatten nicht darüber gesprochen, aber sie hatte gewusst, dass er genau wie sie an ihre acht Kinder gedacht hatte. Es war eben doch nicht selbstverständlich, dass alle acht gerade Glieder und einen gesunden Verstand hatten, dass sie ihr Leben meisterten. Nichts war selbstverständlich. Sie hatte geglaubt, Peter sei längst eingeschlafen, plötzlich merkte sie, dass er ebenso wach dalag. Sie kroch über die Besucherritze hinüber zu ihm.

Als kleines Mädchen war sie gern in die Kirche gegangen. Die Ziehmutter hatte die schwarze Schürze umgebunden, die so schön raschelte, Johanna musste sich nicht hetzen wie sonst, um mit ihr Schritt zu halten, sehr gerade ging sie zur vierten Bank links, machte ihre Kniebeuge, bekreuzigte sich, nahm Platz und strich ihren Rock glatt. Johanna beneidete die Ministranten, die hinter dem Priester in seinem goldenen Ornat das Weihrauchfass schwenken oder die Glöckchen läuten durften. Sie spürte jeden tiefen Orgelton wie einen Druck im Magen, die hohen Töne kitzelten sie in der Nase. Die Ranken im Rahmen um das Altarbild öffneten und schlossen goldene Münder. Die Stimme der Ziehmutter klang lauter und schöner und viel höher als alle anderen. Wenn sie »Halleluja« sang, stiegen die hohen Töne mit den Weihrauchwolken bis hinauf zu der goldenen Taube über dem Hochaltar.

Peter war nie ein großer Kirchgänger gewesen, nach der Predigt des Köttlacher Pfarrers, der von der Kanzel aus erklärte, wer sozialdemokratisch wähle, hätte in seiner Kirche nichts zu suchen und gehöre exkommuniziert, wollte Peter austreten. Als aber dieser Hitler kam und seine Gottgläubigen zum Kirchenaustritt aufforderte, schüttelte Peter den Kopf. Von dem lasse er sich nicht vorschreiben, was er zu glauben habe und was nicht.

Wer wusste schon genau, was er glaubte? War es überhaupt wichtig, was man glaubte, oder nur wichtig, was man tat? Wenn sie das Glaubensbekenntnis mitsprach, dachte sie sich eigentlich nichts dabei, das redete sich ganz von allein, wie sie es in der Schule gelernt hatte. *Von dannen er kommen wird ...* Sie hatte »Tannen« verstanden und den Herrn Kaplan gefragt: »Warum nicht von Fichten?«, da war er zornig geworden, hatte sie eine gottlose Spötterin genannt und mit dem höllischen Feuer gedroht. Also hatte sie gelernt, dass man über die heiligen Dinge nicht nachdenken durfte, wenn man es doch tat, war man ein verworfenes, böses Kind und eine Schande.

Einmal war sie gerade mit einem Krug Most aus dem Keller gekommen, als Firstner zu Peter sagte: »Ihr glaubt doch nicht wirklich, dass das, was der Pfarrer redet, irgendwas zu tun hat mit dem, was der Herrgott mit der Welt gemeint hat?«

Peter hatte ihn gefragt, ob er das wisse.

»Natürlich nicht«, hatte Firstner geantwortet. »Ich weiß nur ganz sicher, dass es nicht das ist, was uns die Pfaffen verzapfen wollen.«

Mit keinem anderen hatte Peter geredet wie mit dem Firstner. Jetzt tat es ihr leid, dass sie sich so gut wie nie zu ihnen gesetzt hatte. Aber vielleicht hätten sie dann nicht weitergesprochen.

Als Kind war sie so sicher gewesen, dass oben im Himmel hinter den dicken weißen Wolkenbergen ein freundlicher lieber Gott mit langem weißen Bart und langem weißen Haar gütig auf sie herabblickte. Irgendwann war er hinter den nicht mehr weißen, sondern bedrohlich schwarzen Wolken verschwunden, sie wusste nicht, wann sie aufgehört hatte, jeden Tag ihr Morgen- und ihr Abendgebet zu sprechen.

Im Apfelbaum vor ihrem Fenster tschilpte ein erster Vogel, obwohl es noch ganz dunkel war. Er hörte gleich wieder auf. Vielleicht hatte er sich in der Zeit geirrt, oder er hatte keine Lust, allein zu zwitschern.

Vor ein paar Tagen hatte ein Experte im Radio davon gesprochen, welchen Schaden Ohrfeigen bei Kindern anrichteten. Sie war kurz erschrocken, dann hatte sie sich daran erinnert, wie ihre Söhne genauso wie ihre Töchter bei Familientreffen lachend davon redeten, wie viele Kochlöffel und Besenstiele sie an ihnen zerbrochen hatte, und es hatte gar nicht geklungen, als hätten sie bleibenden Schaden davongetragen, eher wie ein seltsamer Wettbewerb. Die Linda hatte wieder einmal erzählt, wie sie die Tür zugeschlagen hatte, gerade als Johanna die Oberkante abstaubte, und natürlich hätte sie Mamas Finger eingequetscht, und natürlich wäre Mama mit dem Besen hinter ihr hergelaufen, und natürlich habe Mama sie nicht einholen können, da habe sie die Brüder losgeschickt und die hätten sie nach Hause gebracht, und natürlich habe sie die Prügel ihres Lebens bekommen. Nach einer kurzen Pause fügte sie hinzu, als gehöre das zu ihrer Geschichte: »Die Mama hätte alles für mich getan.«

Wer sein Kind liebt, der züchtigt es. So stand es doch in der Bibel, oder? Alle Kinder wurden geschlagen, alle Dienstboten, und die meisten Frauen auch. Peter hatte sie nie geschlagen, er hatte auch seine Kinder nie geschlagen, das hatte nur sie ihnen immer angedroht: »Du wirst sehen, wenn der Tate heimkommt, dann setzt's was«. Kinder mussten lernen, sich zu benehmen, ohne Schläge gab es keine ordentliche Erziehung, das war immer schon so gewesen, und die ordentliche Erziehung war wichtig. Sie waren das rote Gesindel am Ende des Dorfes, sie waren arm, aber ihren Kindern sollte keiner etwas nachsagen können, und wollte es einer versuchen, dann bekam er es mit ihr zu tun.

Acht Kinder großzuziehen war kein Honiglecken, ein kaputtes Paar Schuhe war eine Katastrophe, der Lohn reichte nicht einmal fürs Nötigste, ihre Geduld hing an einem dünnen Faden.

Hätte ihr damals jemand gesagt, dass es einmal Kindergeld oder Familienbeihilfe geben würde, sie hätte ihn ausgelacht. Vom lieben Nikolaus?, hätte sie gefragt. Diese Leute, die über Erziehung redeten, was wussten denn die? Hatten die sich je die Finger an der Rumpel blutig gerieben, vor Sonnenaufgang Feuer im Ofen angezündet, Dielen geschrubbt, Wasser vom Brunnen gepumpt und fürs wöchentliche Bad am Herd gewärmt? Sie konnte sich ja selbst nicht mehr vorstellen, wie sie es geschafft hatte, jeden Tag ein Essen auf den Tisch zu stellen, wenn eigentlich gar nichts mehr im Haus war.

Die erste Waschmaschine schenkten ihr die Kinder gemeinsam, als alle bis auf die Jüngste schon aus dem Haus waren. Hinausgeworfenes Geld, fand sie damals, dreißig Jahre früher hätte sie die Waschmaschine gut brauchen können, aber jetzt, wo sie doch nur mehr zu dritt waren? Sie gewöhnte sich jedoch schnell daran, verwendete auch die Geräte, die nach und nach Einzug in ihre Küche hielten, aber sie betrachtete sie mit einer gewissen Distanz. Germteig schlug sie nach wie vor lieber mit dem Kochlöffel ab als mit dem Mixer.

Sie wäre gern schon aufgestanden. Aber es war noch zu früh.

Wenn sie dachte, was sie vor Jahren dafür gegeben hätte, länger im Bett bleiben zu dürfen, fand sie es komisch. Wer hatte gesagt, dass Wünsche erfüllt werden, nur meistens zu spät?

Zu spät, zu früh. Manchmal hatte sie sich gefragt, was aus ihren Kindern geworden wäre, wenn sie zwanzig Jahre später zur Welt gekommen wären, in einer Welt, in der es Chancen gab, von denen sie damals nicht einmal träumen konnten. Andrerseits, wenn sie sich so umschaute, was machten die jungen Menschen heute aus diesen Möglichkeiten?

Ihre Kinder hatten ihren Weg gefunden, auch wenn sie heftig strampeln mussten. Stolz war sie auf ihre Kinder, und hatte allen Grund, stolz auf sie zu sein. Ihr Blick fiel wieder einmal auf das Foto von ihrem Achtzigsten mit den drei Söhnen, den fünf Töchtern, Schwiegersöhnen und Schwiegertöchtern, Enkelkindern, Urenkeln und in der Mitte sie mit dem jüngsten Urenkel auf dem Schoß. Am Vormittag hatte die Tochter sie zum Friseur geschleppt, sie trug das dunkelblaue Kleid mit dem zarten weißen Muster und die Perlenkette, die ihr die Kinder geschenkt hatten. Keine Spur von dem armen Mädel, das nirgends hingehörte. Sie nickte sich selbst zu. Peter hatte gefehlt, mehr als an allen anderen Tagen. Gerade weil es so schön war. Gerade weil alles stimmte an diesem Tag.

Ihre Familie. Ihre Kinder. Ihre Enkelkinder. Ihre Urenkel. Und sie mittendrin.

Sie hatte gedacht, dass auch sie in dem Haus sterben würde, in dem Peter gestorben war.

Schon vor Jahren hatte Peter das Haus auf ihren ältesten Sohn überschrieben, wie es Brauch war, natürlich mit einem lebenslangen Wohnrecht für sich und Johanna. Und Thomas hatte das Haus auf seinen Sohn Lukas überschrieben, auf jenen Enkel, der jetzt alles umbaute. Einmal hatte er sie abgeholt, um ihr voller Freude und Stolz zu zeigen, wie weit die Renovierung fortgeschritten war; sie hatte sich bald auf einen Stuhl fallen lassen. Sie verstand nicht wirklich, warum ihr Enkel ein doppelt so großes Badezimmer brauchte, warum die Küche nicht da bleiben konnte, wo sie immer schon gewesen war. Wenn er es so haben wollte, schön und gut, sie hatte das Haus übergeben, er war der Besitzer, aber es fiel ihr schwer, in Begeisterung zu verfallen. Außerdem war sie plötzlich so unsagbar müde. Trotzdem tat es ihr leid, ihn zu enttäuschen.

Und sie fand es lächerlich, mehr als lächerlich, dass es ihr einen Stich gab, als ihr plötzlich das alte Plumpsklo einfiel, dessen Sitz sie Samstag für Samstag mit der Reißbürste bearbeitet hatte, bis das Holz hellgelb und wie frisch abgehobelt leuchtete. Nie hatte sie sich für ihr Plumpsklo schämen müssen, ganz im Gegensatz zu anderen Leuten. Auch die Bodenbretter wurden immer geschrubbt, zuerst von ihr, dann von den Töchtern. Helle Bretter aus Fichtenholz.

Gemeinsam mit zwei Söhnen und einem Schwiegersohn hatte Peter das Badezimmer eingebaut. In welchem Jahr war das gewesen? Durch die alten Natursteinmauern waren Rohre schwierig zu verlegen, mehr als ein Bohrkopf war dabei zerbrochen. Warum zum Kuckuck erinnerte sie sich so genau, wie enttäuscht sie gewesen war, schon wieder am Samstag in der Waschküche den Kessel heizen zu müssen, weil das Badezimmer noch immer nicht fertig war? Natürlich war sie manchmal gereizt gewesen, wochenlang auf einer Baustelle zu leben war schließlich kein Honiglecken. Als dann am letzten Tag, und natürlich war es ein Sonntag, der Kleber für die Fliesen ausging, wo sie doch fast fertig geworden wären, wo das Ende schon in Sicht war, hätte sie fast geheult. Hatte sie aber nicht. Sie doch nicht! Da lehnte die prächtige neue Klomuschel und sie mussten nach wie vor durch den strömenden Regen hinaus auf den Abort gehen. Am Montagabend war es dann so weit, jemand sagte, es müsste ein ganz besonderes Erlebnis sein, auf dem neuen Thron zu sitzen, und das stünde nur ihr zu. Die ganze Familie begleitete sie zum Badezimmer und wartete vor der Tür, sie kam sich ganz blöd vor – nicht einen einzigen Tropfen konnte sie herausquetschen ... Ärgerlich zog sie an der Spülung, da musste sie lachen, auch in der Erinnerung.

Schade um das Badezimmer. Wenigstens hatte sie nicht zuschauen müssen, wie die blauen Fliesen in den Container geworfen wurden.

Es war empörend, was alles in den grünen Tonnen landete, gute, brauchbare Dinge, manche noch nicht einmal richtig ausgepackt. Bei den Nachbarn gegenüber zum Beispiel standen beiden Tonnen Woche für Woche die Mäuler offen, weil einfach nicht genug Platz war für alles, was die Herrschaften wegwarfen, und vieles von dem, was da herausragte, war noch fast neu. Vielleicht lag es daran, dass die Jungen nie lange auf etwas hatten warten müssen. Wie hätten sie da lernen sollen, die Dinge zu schätzen? Alles war austauschbar geworden.

Martha war natürlich anders, keine ihrer Töchter gehörte der Wegwerfgesellschaft an, von der jetzt so oft die Rede war. Das hätte sie ihnen auch nicht geraten. Linda war eine gute Mutter, tüchtig, fleißig und hilfsbereit, aber mit Männern hatte sie wirklich kein Glück. Sie war einfach zu gutgläubig, dachte Johanna. Sie hatte keine Lust, sich an den Mann zu erinnern, der rotzverschmiert in ihrer Küche gehockt war und sich bei ihr, der Schwiegermutter, über die Ehefrau beschwert hatte, die sich ihm verweigert hatte. Sie wollte das Bild nicht sehen, das sich in ihr Gedächtnis eingebrannt hatte, auch nicht das von dem großen, schweren Mann mit dem Gewehr, von den zwei kleinen Mädchen, die sich an Linda klammerten, vor allem nicht Lindas verzerrtes, verzweifeltes Gesicht. Seltsamerweise hatte sie keine Erinnerung daran, wie sie weggekommen waren, nur dass sie viel später bei Martha in der Küche saßen und Tee tranken. Nein, daran wollte sie nicht denken, also wirklich nicht. Sie griff nach der Fernbedienung.

Im Fernsehen zeigten sie eine Profi-Wegwerferin, allen Ernstes. Das sollte ein Beruf sein! Nicht einmal das schafften die Leute selbst. Natürlich nannten sie es anders. Sie erfanden ja ständig irgendwelche neuen Wörter, die vertuschten, worum es wirklich ging.

Sie war misstrauisch geworden. Wenn sie hörte: »Da muss ich Ihnen ganz ehrlich sagen ...«, war sie beinahe überzeugt, das konnte nur die Einleitung zu einer frechen Lüge sein. Und wenn sie hörte: »Es besteht kein Grund zur Sorge«, fing sie an, sich Sorgen zu machen, auch wenn sie über das Thema bis zu diesem Augenblick nie nachgedacht hatte.

»Mach dir keine Sorgen«, hatte Peter oft gesagt. »Schau, mit den Sorgen von gestern sind wir gestern fertig geworden, die von heute rennen uns nicht davon.«

Die Pürklmutter hatte auch einen Spruch gehabt, wenn ihr nur einfiele, wie der genau gegangen war. *Holz auf Vorrat ist gut, Marmelade auf Vorrat auch, aber Sorgen auf Vorrat schleppen nur neue Sorgen ins Haus.* Nein, so stimmte es nicht, nicht ganz, sie hatte immer lachen müssen, weil sie sich vorgestellt hatte, wie die alte Frau stolz auf ihren sauber geschlichteten Holzstoß wies und auf das Regal mit den ordentlich beschrifteten Marmeladegläsern, und daneben stand ein Regal mit eingekochten Sorgen. Die Marmeladegläser hatten damals keine Schraubdeckel, sie waren mit Cellophan zugedeckt und mit Bindfaden verschlossen, und wenn man Pech hatte, stachen die Wespen Löcher ins Papier und weißer, grüner, manchmal sogar schwarzer Schimmel wuchs auf der Marmelade. Mindestens alle zwei Wochen hatte sie im Keller jedes einzelne Glas überprüft, schließlich steckte eine Menge Arbeit und vor allem teurer Zucker in den Gläsern voll Marillenmarmelade, Ribisel-, Brombeer- und Himbeergelee, Zwetschgenröster, Kirschenkompott und was sie nicht sonst noch alles eingekocht hatte. Trotzdem war immer wieder ein Glas schlecht geworden.

Eingeweckte Sorgen wären vielleicht gar nicht so schlecht gewesen. Die hätten sich nicht überall breitmachen und in alle Ritzen kriechen können, sich sogar zwischen sie und Peter legen können, bis er ihr so weit weg schien, dass sie ihn nicht mehr erreichen konnte und ein böses Schweigen das Bett mit ihnen teilte. Sorgen, wie sie über die Runden kommen sollten, vor allem in der Zeit, als das Bergwerk geschlossen wurde und es nirgends Arbeit gab, Sorgen, wenn ein Kind krank war, Sorgen, wenn Peter spät heimkam und später auch die Kinder. Quietschte endlich die Haustür, konnte sie sich oft gar nicht mehr richtig freuen, dass der Mann oder die Kinder doch heil zurückgekommen waren. Besonders die Töchter erwischten bei solchen Gelegenheiten Ohrfeigen. Sie bereute es nicht einmal.

Genau genommen gab es überhaupt nicht viel, was sie bereut hätte. Vielleicht war das der Grund, warum es ihr nichts ausmachte, dass sie so lange nicht zur Beichte gegangen war. Sie wusste gar nicht, wo ihr Beichtspiegel geblieben war. Wahrscheinlich hatte sie die Sonntagsmesse öfter versäumt als besucht, aber woher hätte sie auch die Zeit dafür nehmen sollen? Ein Buchhalter war der Herrgott gewiss nicht, der notierte nicht in einem großen Buch, wer in der Kirche gesessen war und wer nicht.

Es war gar nicht um die Zeit gegangen, das auch, aber vor allem war sie nach der Geschichte mit der Annerl so wütend gewesen und hatte gleichzeitig Angst gehabt, sie würde dem aufgeblasenen Pfaffen ins Gesicht sagen, was sie davon hielt, wie salbungsvoll und scheinheilig er die Augen niederschlug, und dann hätte man sie mitsamt der Annerl aus dem Dorf gejagt.

Manchmal hatte sie sich nach einem Friedhofsbesuch in die leere Kirche gesetzt, hatte auch eine Kerze angezündet vor der Muttergottesstatue, den Weihrauch gerochen. Einmal hatte die Orgel eingesetzt, sie hatte niemanden auf den Chor hinaufgehen gehört, da war nur diese Musik, die den Raum füllte, die sie nach Luft schnappen ließ und ihr gleichzeitig die Brust weitete. Plötzlich wurde das Tor aufgerissen, ihr ältester Sohn kam herein, völlig aufgeregt. Wo sie denn die ganze Zeit gewesen wäre?

»Wo werd ich schon gewesen sein?«

»Du kannst doch nicht einfach verschwinden!«

O doch, ein Mensch konnte verschwinden. Ihre Mutter war verschwunden aus ihrem Leben. Heute würde sie ihr keine Vorwürfe mehr machen. Vielleicht war es gut, dass sie damals gekommen war, wahrscheinlich hätte sie nie aufgehört, von der Mutter zu träumen, wenn sie nicht gekommen wäre.

Hätte ich sie nicht gesehen, dachte Johanna zu ihrer eigenen Überraschung, hätte ich vielleicht später nicht verstanden, dass ich mich nur selbst retten kann. Das Kind in meinem Bauch, das war ja auch ich. Wie ich zu ihm gestanden bin, bin ich auch zu mir gestanden.

Sie hatte nicht mehr an die Mutter gedacht, aber das Bild steckte vermutlich noch in den Falten und Windungen ihres Kopfes. Als Warnung? So hatte sie nicht werden wollen, so nicht.

Vielleicht hatte ihr die Wut auf die Mutter geholfen, auch wenn sie ungerecht war.

Vielleicht hätte sie nie aufgehört zu warten, dass sich etwas änderte, dass ein Wunder geschah. Als es dann plötzlich auf sie ankam, nur auf sie und ihr Kind, da war zwar noch lange nicht alles anders, aber ein Anfang war gemacht – oder wenigstens möglich.

Sie drehte an ihrem Ehering, sah plötzlich wieder Peters erwartungsvolles Gesicht vor sich, als er sie fragte, ob sie ihn heiraten wolle, sah, wie kraftlos seine Arme von den Schultern baumelten, als sie sich mit der Antwort Zeit ließ, sah sein Strahlen, als sie nickte.

Er wollte sie sofort nach Hause mitnehmen, aber sie weigerte sich. Sie wollte noch arbeiten und Geld verdienen, wenigstens ein paar Leintücher kaufen und ein paar Bettbezüge. Natürlich wusste sie, dass das bisschen Wäsche vom Dorf und von seiner Mutter nie und nimmer als Mitgift betrachtet werden würde, aber ihr Stolz verlangte, dass sie nicht mit völlig leeren Händen in sein Haus einzog.

In letzter Zeit musste sie manchmal an Peters Mutter denken. Die hätte so gerne auf ihre erste Enkelin aufgepasst, aber Johanna hatte nicht gewagt, das Kind auch nur für eine Minute mit ihr allein zu lassen. Ihr hatte gegraut vor der alten Frau, die doch nichts für ihre Krankheit konnte und so sehnsüchtige Blicke auf das kleine Mädchen warf. Sie hätte ihre Tochter ja im Arm halten und der Schwiegermutter in den Schoß legen können. Hätte sie. Hatte sie nicht.

Es tut mir leid, murmelte sie.

Im Jahr vor ihrem Tod stand die Schwiegermutter kaum mehr auf, Johanna sorgte dafür, dass sie satt und sauber war. Wenn Peter aus der Arbeit kam, schaute er kurz in ihre Kammer. Sie starb im Schlaf. Die Schwägerin, die ihre Mutter höchstens zweimal im Jahr besuchte, schluchzte laut beim Begräbnis.

Erst als Johanna Peter mit dem Enkel sah, der ihm so ähnlich war, begann sie zu ahnen, was ihre Kinder vermisst hatten, die keine Großeltern gekannt hatten. Wenn sie mit einer Jause hinaus in den Hof kam, wo die beiden miteinander werkelten, schärfte Peter sein Lieblingsmesser an dem Lederriemen, der vom Fenstergriff hing, und schnitt dann hauchdünne Scheiben von dem Speck, den sie gebracht hatte, eine genau gleich wie die andere. Der Bub schaute mit großen Augen zu, fasste Scheibe um Scheibe zwischen Daumen und Zeigefinger und legte sie abwechselnd auf das eine und das andere Holzbrettchen. Alles hatte seinen geregelten Ablauf, genau wie ihre Abendspaziergänge zu der Bank am Ende des Dorfes, da setzte Peter seinen alten Hut auf, auch dem Buben einen, der ihm bis über die Augen rutschte, und sie marschierten los.

Beim Grillen in Jakobs Garten vor einer Woche hatte einer seiner Onkel ein großes Stück selbst geräucherten Speck mitgebracht. Jakob hatte zu schneiden begonnen, hatte die Stirn gerunzelt, war im Haus verschwunden und mit einem Wetzstein zurückgekommen, und dann hatte er den Speck geschnitten mit genau denselben Bewegungen wie sein

Großvater vor ihm und mit genau demselben Ausdruck im Gesicht, und als er fertig war, hatte er die fast durchsichtigen Scheiben genauso sorgfältig zwischen Daumen und Zeigefinger angefasst und auf das Holzbrett gereiht. Einen Moment lang hätte sie glauben können, Peter stünde vor ihr am Tisch.

War es das, was von ihm bleiben würde? Eine bestimmte Art, Speck zu schneiden, die weitergegeben würde vom Vater zum Sohn, so wie die widerspenstigen Locken und das handwerkliche Geschick? Blöde Idee. Aber sie kannte niemanden sonst, der auf genau diese Art seinen Speck schnitt, und der Bub war doch noch zu klein gewesen, als sein Großvater starb, um es von ihm gelernt zu haben.

Erinnerte er sich an seinen Großvater? Gab er diese Erinnerung an seinen Sohn weiter? Es war tröstlich, dass etwas von Peter in seinem Jakob weiterlebte, egal was. Plötzlich fiel ihr auf, dass der Enkel auch genauso halb verrenkt in den zweiten Ärmel seiner Jacke fuhr wie vor ihm sein Großvater, es gab ihr einen Stich mitten in die Brust und gleichzeitig war es schön. An Himmel und Hölle hatte Peter gezweifelt. Aber wenn es einen Himmel gab, dann war dort gewiss Platz für ihn.

Die Nachbarin hoffte nicht auf ein Wiedersehen mit ihren Lieben, nein, sie war sicher, sie wusste ganz einfach, dass ihr verstorbener Mann und ihre toten Kinder im Himmel einen Platz für sie frei hielten und auf sie warteten. Dieses Wissen umgab sie wie ein schützender Mantel, ihr konnte nichts mehr passieren auf der Welt.

Unter der Decke war es zu heiß. Wenn sie die Decke wegschob, wurde es schnell zu kalt. Anspruchsvoll war sie geworden auf ihre alten Tage. *Müßiggang ist aller Laster Anfang* war in rotem Kreuzstich auf weißem Stramin über dem Herd der Pürklmutter gehangen, nein, nicht überm Herd, an der Wand hinter dem Esstisch. Ihr Leben lang hatte sie genug zu tun gehabt, das hatte alle Flausen verscheucht, noch bevor sie sich breitmachen konnten. Dieses Nichtstun war ungesund, brachte nur Verwirrung in ihren Kopf, und wenn sie etwas nicht leiden konnte, dann war es Unordnung.

Wie kam sie dazu, darüber nachzudenken, was von Peter oder ihr bleiben würde? Wie ihre Kinder, ihre Enkelkinder, die Leute im Dorf sich an sie erinnern würden? Das war doch wirklich nicht ihre Angelegenheit. Sie hatte getan, was sie konnte, sie brauchte sich für nichts zu schämen, sie hatte ihre Kinder zu anständigen Menschen erzogen, sie war ihrem Peter treu gewesen, niemand war je hungrig von ihrer Tür weggegangen.

Unlängst war die junge Nachbarin vorbeigekommen und hatte ihr ein paar Eier gebracht. Komisch war das gewesen, in der Küche der Tochter war sie anders gesessen als in Johannas eigener Küche oben im Dorf, schwer zu beschreiben, *wie* anders, vielleicht dass ihre Knie ein wenig zu eng aneinandergepresst gewesen waren. Sie war dagesessen, wie höfliche Besuche sitzen. Anders angezogen war sie selbstverständlich auch, zum Einkaufen, nicht im Arbeitsgewand wie sonst, wenn sie nur für ein paar Minuten herüberkam, das allein machte schon einen Unterschied. Die gute Nachricht war, dass ihre jüngste Tochter sich hatte testen lassen und es nun eindeutig feststand, dass die Tochter die Krankheit nicht geerbt hatte, an der ihr Vater, ihre Schwester und ihr Bruder gestorben waren. Sie war auf dem Weg zum Friedhof, mit neuen Pelargonien, die alten seien schrecklich ausgewachsen, erzählte sie, ganz schäbig. Ohne Johanna, sagte sie, sei das Dorf nicht mehr dasselbe, alle vermissten sie.

»Aber geh!« Johanna war verlegen und froh gewesen, dass Martha mit Kaffee und Kranzkuchen in der Tür auftauchte.

Beim Kaffeetrinken war das beklemmende Gefühl schnell verschwunden, ohne auch nur einen Nachgeschmack zu hinterlassen.

Zum ersten Mal konnte die Nachbarin den Namen ihres toten Sohnes erwähnen, ohne vorher schlucken zu müssen. Sie konnte darüber reden, dass er im letzten Jahr seines kurzen Lebens trotz der Krankheit heiterer, sogar geselliger gewesen war als je zuvor, dass er sich an den Gesprächen beteiligt hatte, wenn Besuch kam, dass er fröhlich sein konnte. Vielleicht weil er keine Angst mehr haben musste vor dem drohenden Schatten? Weil er nicht mehr glaubte, sich verstecken zu müssen? Johanna erinnerte sich, wie er als Bub mit Jakob Baumhäuser gebaut hatte, wie die beiden in ihrem Garten mit selbst gebastelten Bogen geschossen hatten. Bei ihm hatte die Krankheit damit begonnen, dass er sich völlig zurückzog. Schon ein Gruß auf der Straße hatte ihn verstört, bald war er überhaupt nicht mehr aus dem Haus gegangen. Es war einfach schön, dass die Frau, die so viel mitgemacht hatte, gute Stunden mit ihrem Sohn zurückrufen konnte.

»Erinnerst du dich, wie die zwei gelacht haben?«, fragte die Nachbarin.

»Ja!«, sagte Johanna.

Sophie zeigte stolz ein Fotobuch von ihrer Urlaubsreise. Wenn die Jungen von heute einmal alt sein würden, würden sie nicht mühsam in ihren Erinnerungen suchen müssen, sie konnten ganz einfach in ihren Alben blättern oder auf ihren Computern suchen und alles mit Ort und Datum fein säuberlich finden. Die brauchten gar kein Gedächtnis! Der

Gedanke verwirrte Johanna, auf eine seltsame Weise, die sie sich nicht erklären konnte, fand sie ihn beinahe kränkend.

»Warum schaust du so traurig?«, fragte die Enkelin.

Sie schüttelte den Kopf.

»Es ist schade, dass wir so wenige Fotos haben von dir und Opa, aus eurer Jugend. Manchmal denk ich mir, man müsste Kameras erfinden, die das aufnehmen, was früher einmal hier war, verstehst du? Es gibt jetzt doch Wärmebildkameras, vielleicht gibt es irgendwann auch Fotoapparate, die das aufnehmen, was hier früher einmal geschehen ist, die Menschen, die hier gelebt haben. Das Gedächtnis der Häuser, verstehst du?«

Da müssten sie sich aber sehr beeilen mit dem Erfinden, dachte Johanna. Wahrscheinlich ist es sowieso fast überall schon zu spät, der ganze Verputz ist ja längst von den alten Mauern abgeschlagen, damit ist vermutlich auch das Gedächtnis des Hauses verloren. Ich fürchte, meine Erinnerungen sind und bleiben nur in meinem Kopf.

Sie griff nach der Hand der Enkelin. Wie weich sich ihre Haut anfühlte.

»Erzähl mir was von Euch, Oma!«

»Was soll ich da erzählen?«

»Was Schönes. Ihr habt doch auch schöne Dinge erlebt.«

Johanna nickte und schwieg.

Plötzlich taucht ein Bild auf: Sie und Peter wandern durch den Wald, beide in dicken Jacken, beide mit Wollmützen auf den Köpfen, er mit einem leeren Rucksack am Rücken. Beide tragen Wanderstäbe, schieben die Brombeerranken zur Seite. Er geht voran, sie hinter ihm, der Weg ist schmal, eigentlich ein Jägersteig oder vielleicht ein Wildwechsel. Hin und wieder biegt er Äste zur Seite. Nach einem Steilhang erreichen sie

eine Forststraße, wo sie nebeneinander gehen können, dann
biegen sie ab, auf dem nassen, rutschigen Abhang müssen
sie sich von einem Baum zum nächsten hanteln. Unten
fließt ein Bach, dem folgen sie bis zum Talschluss. Unter
einer mächtigen Buche steht eine winzige Hütte, daneben
ein großer Kohlenmeiler, aus dem quillt blauer Rauch. Ein
düster aussehender Mann stochert mit einer langen Stange in
die Seiten des Meilers, eine kleine Flamme züngelt aus einem
der Löcher, erlöscht schnell. Peter ruft einen Gruß, der
Mann scheint sie nicht zu bemerken, erst nach einiger Zeit
wendet er sich um und geht auf sie zu. Er ist der Bruder von
Peters Vater oder sein Cousin, auf jeden Fall Verwandtschaft,
die hellen Augen über dem struppigen Bart mustern sie
freundlich, nicht abschätzend. Er zeigt auf die Bank vor der
Hütte, holt drei Gläser. Der Schnaps, den er ihnen anbietet,
ist selbst gebrannt und sehr scharf, sie versteht nicht alles,
was er sagt, er hat nur mehr ein paar schiefe Zähne, bringt
den Mund nicht richtig auf beim Reden, die Wörter verirren
sich wohl auch im Gestrüpp seines Bartes, aber sie glaubt
gehört zu haben, dass der Schnaps aus dem Rauch gebrannt
ist, der vom Meiler aufsteigt und die Feuchtigkeit des Holzes
enthält. Das kann sie sich zwar nicht vorstellen, aber es gibt
eine Menge Dinge, die sie sich nicht vorstellen kann. Der
Schnaps brennt heftig in ihrer Kehle, der Onkel oder Cousin
lacht und rührt einen Löffel Honig in ihr Glas. Sie sitzen zu
dritt auf der Bank vor der Hütte, die so sehr wackelt, dass
Johanna hochschnellt, sooft der alte Mann in regelmäßigen
Abständen aufsteht, um nach dem Meiler zu sehen. Nach
einer Weile versteht Johanna besser, was er sagt, vielleicht
liegt es am Schnaps. Er erzählt von den Rehen, die zum Bach
trinken kommen, von den Fuchswelpen, die auf der Wiese
gerauft und eine Maus fast bis zum Meiler verfolgt haben.

Peter erkundigt sich nach seinen Bienen, der Alte sagt, sie sind
zur richtigen Zeit gekommen, letzte Woche hat er geschleu-
dert. In großen Gläsern steht der dunkelbraune Honig in der
Hütte. Der Alte reicht Johanna ein Stück duftende Wabe, sie
kaut daran. Noch nie hat ihr Honig so köstlich geschmeckt.
Peter kauft ein Glas, ein zweites bekommen sie als Geschenk.
»Für die Lebkuchen zum Christbaum, du backst doch sicher
Lebkuchen für eure Kinder?« Was für eine Frage! Als sie sich
verabschieden, steht die Sonne schon tief.

Im Wald ist es sofort dunkel. Der Lichtkegel von Peters
Stirnlampe reicht nicht weit, sie können nicht sehen, wohin
sie ihre Füße setzen. Ringsum raschelt es, Spinnennetze,
Zweige und Blätter fahren ihnen übers Gesicht, ein Käuzchen
schreit. Sie müssen hintereinander gehen, aber sie fassen sich
an den Händen. Als sie die Forststraße erreichen, stehen die
ersten Sterne am Himmel und ein beinahe voller Mond geht
auf, so hell, dass sie Schatten werfen.

»Hast du Angst?«, fragt Peter.

Sie hat keine Angst. Keine Angst vor den Fußangeln der
Brombeeren, keine Angst vor Brennnesseln, keine Angst zu
fallen, überhaupt keine Angst.

»Und?«, fragte Sophie.

»Und? Wir sind heimgekommen und dein Großvater
hat gesagt, er stirbt vor Hunger, und Gott sei Dank war da
noch ein Stück Speck, den hat er aufgeschnitten, erinnerst
du dich, wie er den Speck aufgeschnitten hat? Und ich hab
geschaut, ob alle Kinder schlafen und gut zugedeckt sind,
und …« Johanna fing an zu lachen.

»Und?«

»Also wenn du's genau wissen willst, dann bin ich auf dem
Plumpsklo gesessen und hab mir gedacht, dass wir es doch

gut haben. Und wir sind dann jedes Jahr um den Honig zu ihm in den Graben gegangen, solange er gelebt hat.«

Die Enkelin nahm das Foto von Johanna und Peter von der Wand. »Ein schönes Paar wart ihr«, sagte sie. »Mir hätte der Opa auch gefallen.«

Johanna wischte mit dem Taschentuch über das Glas, betrachtete es prüfend, wischte noch einmal darüber.

»Warst du sehr verliebt?«, fragte Sophie.

Johanna stand auf, hängte das Foto zurück an seinen Platz. »Blöde Frage!«

Verliebt, verlobt, verheiratet? Verlobt waren sie jedenfalls nie. Natürlich hatte sie sich in ihn verliebt, aber dann hatte sie doch sehr bald ganz andere Sorgen gehabt und hatte auch alles mit sich selbst ausmachen müssen, ihre eigenen Entscheidungen treffen müssen. Mit wem hätte sie reden können? Schon als sie noch beim Lahnhofer im Dienst war, hatten sich die Mädchen bei ihren sonntäglichen Treffen beschwert, dass sie eine Heimliche war und nichts von sich erzählte, sondern lieber zuhörte, obwohl sie sonst bei jedem Spaß mitmachte. Ihren Kummer behielt sie für sich, der ging niemanden etwas an, nach außen hin war es besser zu lachen. Niemand sollte sie so sehen, wie sie ihre Mutter gesehen hatte. Niemand.

Verliebtsein mit Kribbeln in den Zehen, mit Herzklopfen und einem Knoten im Hals war ja sehr schön, aber dafür brauchte man Zeit, auch war es sicher kein Nachteil, wenn man sich keine Gedanken um unbezahlte Rechnungen machen musste, wenn kein Kind schrie und keine Milch am Herd überging. Jung, dumm und verliebt, das passte zusammen. Obwohl – als sie mit der Tochter einkaufen gewesen war, war vor ihnen ein altes Paar gegangen, beide am Stock, er links, sie rechts, und sie hatten einander an den Händen gehalten und sich unterhalten, als hätten sie einander wirklich etwas zu sagen. Das hatte ihr einen Stich gegeben. Es wäre schön gewesen, mit Peter durch den Wald zu gehen. Jetzt hätten sie ja Zeit.

Die Enkelin hatte sie wieder einmal konfus gemacht. Warst du sehr verliebt? So etwas fragte man seine Großmutter nicht. Sie sah nicht ein, warum sie darüber nachdenken sollte, aber es ließ ihr doch keine Ruhe. Verliebt klang in ihren Ohren nicht nach Dauer, vielleicht weil ihr zu dem Wort die berühmten Schmetterlinge im Bauch einfielen, und Schmetterlinge waren eben nicht für Beständigkeit bekannt. Wenn alles gut geht, dachte sie, kann das, was aus der Verliebtheit geworden ist, Liebe sein. Muss aber nicht. Es kam ganz darauf an. Aber was das war, worauf es ankam, hätte sie nicht sagen können.

Nach einem langen Arbeitstag war Peter nie besonders gesprächig gewesen.

Sie hatte ihn gern angeschaut, wenn er so bedächtig das Werkzeug säuberte, wenn er in langen Strichen mit der Sense mähte, wenn er sein Horn polierte, wenn er die Obstbäume im Garten beschnitt … Besonders, wenn er nicht merkte, dass sie ihn anschaute. Sie mochte die komische kleine Locke, die ganz oben am Scheitel aufragte, auch wenn er sie noch so sehr plattgebürstet hatte. Sie mochte seine Augenbrauen, die mit den Jahren immer struppiger wurden. Sie mochte seine großen Hände. Sie mochte seine Falten. Wenn er das Haus verließ in der Uniform seiner Musikkapelle, im weißen Hemd und mit perfekt geputzten Schuhen, schaute sie ihm nach und war stolz. Wenn sie am Morgen aufwachte und ihn neben sich liegen sah, hätte sie gern gewusst, worüber er im Halbschlaf lächelte.

Solange sie in ihrem Haus gelebt hatte, hatte sie sich noch lange nach seinem Tod immer wieder dabei erwischt, wie sie einen Teller für Peter auf den Tisch stellte und einen Becher Kaffee für ihn eingoss, wie sie hinaus auf den Hof ging und nach ihm rief, weil Essenszeit war oder weil sie Brennholz brauchte und nicht vom Herd weglaufen konnte oder weil sonst eine von den Arbeiten zu erledigen war, die er niemandem sonst überlassen wollte. Hier im Haus der Tochter war er nur zu Besuch gewesen.

In letzter Zeit fielen ihr immer wieder Fragen ein, die sie ihm gern gestellt hätte.

Er hatte zum Beispiel nie von früher erzählt. Ob seine Mutter damals schon diese Anfälle gehabt hatte. Ob seine Schwester immer schon so herrschsüchtig gewesen war. Ob ihn sein Vater geprügelt hatte. Wie es ihm in der Schule gegangen war. Ob er als Kind Freunde gehabt hatte. Auf dem einen Foto von ihm als Zwei- oder Dreijährigen am Arm seiner Mutter blickte er ernst in die Kamera. Sie hatten geredet über das, was zu tun war, im Haus, im Hof und im Garten, manchmal erzählte er etwas aus seiner Arbeit im Berg oder später in der Fabrik. Nachdem ein Radio ins Haus gekommen war und später ein Fernseher, regte er sich bei den Nachrichtensendungen oft so sehr auf, dass sie kaum ein Wort verstehen konnte.

Wenn sie es recht überlegte, hatte sie ihm auch nie von ihrer Kindheit erzählt. Was gab es da schon zu erzählen? Sie wunderte sich oft über die Leute, die im Fernsehen des Langen und Breiten von ihren Abenteuern und Erfahrungen als Kinder erzählten, von ihren Freuden und Schmerzen. Sie hatte keine Abenteuer erlebt.

Die Ziehmutter war da gewesen. Immer war sie da gewesen. Wie sie ausgesehen hatte, wusste Johanna nicht, wahrscheinlich schon damals gebückt, o-beinig, klein, mit einem am Hinterkopf festgenadelten dünnen Zopf, eine blaue Schürze umgebunden. Das Schürzenband flattert hinter ihr her, weil sie es immer so eilig hat. Das Kind, das Johanna war, versucht Schritt zu halten, stolpert, rappelt sich auf. Der weiße Hahn kommt angeschossen, die Flügel gespreizt, den Schnabel weit geöffnet, die Ziehmutter verjagt ihn.

Der blau gekachelte Herd geht bis hinauf zur Decke, aus dem Ofenloch spritzen Funken, einer fliegt direkt auf die Ziehmutter zu, Johanna schreit. Die Ziehmutter öffnet eine der schwarzen Türen in der Herdwand, der Duft von Brot füllt die Küche. Der Ziehvater nimmt ein riesiges Messer vom Bord, schneidet das Scherzel ab und reicht es Johanna. Ihre Fingerkuppen brennen.

Der Ziehvater kommt torkelnd aus dem Wirtshaus. Die Ziehschwester läuft aus der Küche, er will ihr nachlaufen. Die Ziehmutter stellt sich ihm in den Weg, er holt aus, verliert das Gleichgewicht und stürzt. Am nächsten Tag hat die Ziehmutter blaue Flecken an beiden Armen und im Gesicht. Der Ziehvater hockt am Tisch und weint. Die Ziehmutter zeigt auf die Uhr, Johanna muss sich beeilen, sonst kommt sie zu spät in die Schule. Weder an diesem Tag noch später wird darüber geredet, was geschehen ist. Erst Jahre später reimte sie sich zusammen, dass er damals gekündigt worden war, keine Aussicht auf einen neuen Arbeitsplatz weit und breit.

Wie hatte sie das vergessen können? Jetzt erst verstand Johanna, was ihre Ziehmutter nach diesem Schlag geleistet hatte, um ihre Familie über die Runden zu bringen. Sie baute Gemüse an, lieferte die frischesten Eier, buk für besondere Anlässe Torten und Kuchen, half überall aus. Der Ziehvater fand nur selten Arbeit als Taglöhner, saß stundenlang in der Küche und stierte vor sich hin.

Die Ziehschwester ist sechs Jahre älter als Johanna, hat ihre eigenen Freundinnen, ist Küchenhilfe im Gasthaus und serviert auch an Samstagen und Sonntagen. Sie fragt ihre Mutter nicht, ob sie abends weggehen darf, und ihren Vater schon gar nicht. Johanna versuchte, die Erinnerung wegzublinzeln, es gelang ihr nicht. Sie sieht die Tür und den Ziehvater, der sich seiner Tochter in den Weg gestellt hat, und hört Maria sagen, dass er ihr gar nichts zu verbieten hat. Sie sieht, wie er ausholt, sieht, wie sie ihm in den erhobenen Arm fällt, und sieht, wie er in die Knie geht. Alles langsam, so langsam, dass der Knall, mit dem sein Kopf auf dem Boden aufschlägt, ein Schock ist. Plötzlich ist die Ziehmutter da, sie kniet sich neben ihren Mann hin, bettet seinen Kopf in ihren Schoß und wiegt ihn hin und her. Er wimmert, Maria steht da wie eine Statue, die Mutter schickt sie um Wasser, macht ihrem Mann einen Umschlag auf die Stirn. Er versucht sich aufzurappeln, die Ziehmutter redet leise auf ihn ein. Jetzt beginnt Maria zu schluchzen.

Johanna versteht nicht, woran es liegt, dass sie sich an dieser Stelle von außen sieht, wie sie zum Herd geht und im großen Topf rührt. Erdäpfelsuppe ist darin, die Flüssigkeit ist bereits fast verdampft. Sie sieht sich Wasser nachgießen, ein paar Tropfen fallen zischend auf die Herdplatte, der Ziehvater murmelt irgendetwas, die Ziehmutter sagt deutlich, sie soll zwei Zehen Knoblauch klein schneiden, hell anrösten und in die Suppe streuen. Dann sitzen sie alle vier um die Schüssel und löffeln Erdäpfelsuppe, der Ziehvater schneidet große Stücke vom Brotlaib und reicht jedem eine Schnitte. Ein einziges Mal hat Johanna Monate später versucht, mit der

Ziehmutter darüber zu sprechen, die sagte nur: »Erbarmen, viel mehr Erbarmen, das wär halt notwendig.«

Vielleicht war die Ziehmutter eine Heilige.

Dass sie nicht bei ihrem Begräbnis gewesen war, bedauerte Johanna noch heute. In den Wirren der ersten Tage nach dem Ende des Krieges hatte die Post nicht funktioniert, die Nachricht war mit drei Monaten Verspätung eingetroffen. Natürlich hatten sie kein Telefon, niemand im Dorf hatte Telefon, Maria wäre auch nicht auf die Idee gekommen, die Todesnachricht telefonisch mitzuteilen, selbst wenn sie ein Telefon gehabt hätten. Man trug Parten aus oder verschickte sie notfalls per Post, wenn der Weg allzu weit war. Johanna hatte jahrelang keinen Kontakt zu ihrer Ziehschwester gehabt. Konnte man mit so großer Verspätung ein Beileidsbillett schicken? Sie tat es und war im Nachhinein froh, dass sie es getan hatte. Es war der Neubeginn einer Beziehung, die nach Marias Tod auch Marias Kinder und Enkelkinder einschloss – fast so etwas wie Familie. Vielleicht sogar besser, wenn man manche Familien betrachtete. Auf jeden Fall war es gut zu wissen, dass es diese Menschen gab, dass sie sich freuten, wenn man sie anrief – heute hatten ja alle Telefon – und einen Besuch ankündigte. Seit ihrem Achtzigsten, dachte Johanna, waren nicht mehr alle zusammengekommen. Ob die nächste Gelegenheit ihr Begräbnis sein würde?

Heiraten würde ja wohl niemand aus der Familie in nächster Zeit. Die Jungen hatten es nicht sonderlich eilig mit dem Heiraten, schade eigentlich. Es hätte ihr Spaß gemacht, wieder einmal auf einer Hochzeit zu tanzen. Sie hatte so gern getanzt, auch nach der Hüftoperation. Peter war kein guter Tänzer gewesen. Einmal war er ihr so auf die Zehen getreten, dass sie tagelang humpeln musste. Dabei würde man glauben, ein Musiker mit so viel Gefühl für Rhythmus müsste auch ein guter Tänzer sein. Wie man sich doch irren konnte.

Meistens konnte sie Menschen ganz gut einschätzen, sie wusste gar nicht, woran es lag, aber nach wenigen Minuten wusste sie oft eine Menge Dinge über Leute, die ihr eben erst begegnet waren, Dinge, die ihr niemand gesagt hatte, die sie oft nicht einmal wissen wollte. Manchmal hatte sie selbst geglaubt, sie hätte sich geirrt, um Jahre später festzustellen, dass dieser erste Eindruck doch richtig gewesen war. Wenn sie jetzt darüber nachdachte, verwirrte es sie, dass diese Fähigkeit offenbar bei völlig Fremden so gut funktionierte, am wenigsten aber bei ihren Töchtern und Söhnen. Erst seit sie zu viel Zeit zum Nachdenken hatte, war ihr klar geworden, wie wenig sie über ihre eigenen Kinder wusste. Lag es an der Nähe? So wie man ein Stück zurücktreten musste, um einen Überblick zu bekommen? Oder waren sie zu weit weggegangen von ihr? Sie konnten nicht zugleich zu nahe und zu weit weg sein. Oder doch?

Ärgerlich warf sie die Decke weg. Dieses ewige Grübeln verknotete einem nur die Gehirnwindungen. Sie rief nach ihrer Tochter.

»Ich will spazieren gehen.«

»Bist du sicher? Es ist ziemlich windig. Wir könnten den Rollstuhl nehmen.«

»Wenn ich sag, ich will gehen …«

Der besorgte Blick der Tochter kreuzte sich mit ihrem verstohlenen Seitenblick.

»Wohin willst du gehen?«

»Auf den Damm.«

»Bist du sicher?«

Sie antwortete nicht. Die fünf Stufen waren eine Herausforderung, und als sie oben stand, zitterten ihre Knie, auch die Berge in der Ferne schienen nicht fest zu stehen, aber der warme Wind strich leicht über ihre Haut. Sie machte zwei vorsichtige Schritte, meinte, das weiche Gras unter den Schuhsohlen zu spüren. Als die Tochter ihren linken Arm nahm, wehrte sie sich nicht, akzeptierte auch den Stock, den sie ihr in die rechte Hand drückte. Eigentlich war es angenehm, so zu gehen. Auch die Tochter beobachtete sie nicht mehr, als erwarte sie jeden Augenblick einen schrecklichen Unfall.

Nie zuvor hatte sie so viele Blumen am Damm gesehen. Sie war ja immer schnell unterwegs gewesen, von dem, was da wild wuchs, hatte sie eigentlich nur die Heilpflanzen beachtet. Johanniskraut hatte sie gesammelt, Arnika, Löwenzahn, Spitzwegerich, Himmelschlüssel, Kamille, Frauenmantel, Schafgarbe, Augentrost, Melisse und natürlich auch frische Fichtentriebe für den Wipferlsaft, der so gut gegen Husten half, besonders bei Kindern. Aber dass es so viele Arten von Glockenblumen gab, so verschieden, von winzig bis über einen Meter hoch, das hatte sie nicht gewusst. Auch nicht, wie zart Taubnesseln ihre rosaroten kleinen Lippen den Schwebefliegen entgegenstreckten und wie stolz die borstig behaarten Natternköpfe am Wegrand ihr strahlendes Blau behaupteten. Wenn man langsam ging, sah die Welt anders aus, fühlte sich anders an.

In der Schwarza schwammen drei Enten, am Ufer gegenüber hingen die Äste einer Weide tief ins Wasser. Ein großer weißer Plastiksack hatte sich darin verfangen, den die Strömung immer wieder aufblähte und hin- und herriss.

»Das ist nur ein Plastikfetzen«, sagte die Tochter eine Spur zu laut.

Johanna nickte.

Natürlich war es nur ein Plastikfetzen. Was sollte es sonst sein?

Martha meinte, sie müssten umkehren. Schade, dass es keine Bank am Fluss gab. Es wäre schön gewesen, hier zu sitzen, den Wellen zuzuschauen, die voreinander davonliefen. Ein kleiner Vogel landete auf dem großen Stein mitten im Fluss, wippte auf und ab auf seinen langen dünnen Beinchen.

Als sie zurückkamen, stieg Thomas gerade aus seinem Auto. Er starrte sie an. »Sag einmal, Mama, was treibst denn du?«

»Wie redest du mit mir?«

Ausgerechnet jetzt musste sie stolpern. Sie griff nach dem Treppengeländer, hielt sich fest, wandte sich um und musterte den Sohn von oben herab. Der wandte sich an seine Schwester. »Wie konntest du …?«

»Ich habe sie nicht gefragt, ob ich darf«, erklärte Johanna und stellte erfreut fest, dass Thomas einen roten Fleck am Hals bekam, genau wie früher. Also konnte er sich doch noch schämen, der Herr Professor, der mit Gott und der Welt verkehrte. Sie ging voraus, der Sohn folgte. Als sie ihn am Tisch seiner Schwester sitzen und in seiner Kaffeetasse rühren sah, spürte sie wie ein Ziehen im eigenen Bauch, dass er nicht mehr dazugehörte, dass er nur mehr zu Besuch war in der Welt, die er mit seinen Geschwistern geteilt hatte. So stolz war sie auf ihn gewesen, auf seine Tüchtigkeit, obwohl sie gleichzeitig einen gar nicht so leisen Verdacht hegte, der Erfolg wäre ihm zu Kopf gestiegen. Seit einiger Zeit liefen zwei tiefe Falten von seinen Mundwinkeln bis zum Kinn.

»Dünn wirst du«, sagte sie.

»Wir müssen aufpassen, hat der Doktor gesagt. Wegen dem Cholesterin.«

Heutzutage redeten alle über Fettwerte, früher war sie froh gewesen, wenn sich noch ein Rest Schmalz im Topf gefunden hatte. So änderten sich die Zeiten.

Auch wenn das Geld furchtbar knapp war, hatte sie am Samstag einen Kranz Dürre gekauft, diese stark geräucherte fette Hartwurst, die ihre Familie so liebte.

Nachdem einer nach dem anderen, eine nach der anderen in der Sitzbadewanne aus Zink geschrubbt worden ist, stehen sie um den Küchentisch, schauen genau, wie Peter zuerst Brot schneidet und dann die Wurst in zehn genau gleich große Stücke teilt, ein Stück für jedes Kind, ein Stück für sie, ein Stück für ihn selbst. Jeden Samstag kauft sie auch ein Sackerl Zuckerln, die feierlich und gerecht verteilt werden.

Eins für dich und eins für dich ... Nach der dritten Runde bleibt ein Zuckerl übrig.

»Das gehört mir, ich bin der Älteste!«, sagt Thomas.

»Ich war vor dir da!«, ruft Frieda.

»Aber du bist kein Sohn!«

Die beiden funkeln einander an, wenden sich an die Mutter. Sie denkt kurz nach, dann wickelt sie das Zuckerl aus, steckt es selbst in den Mund und lutscht lange und genüsslich daran.

Thomas holte sie zurück in die Gegenwart. »Worüber lachst du?«

Sie schüttelte den Kopf, dann fragte sie doch: »Erinnerst du dich an die Samstagszuckerln?«

Er runzelte die Stirn, biss sich auf die Unterlippe, dann nickte er. Natürlich erinnere er sich, unlängst habe er diese

Zuckerln sogar in der Auslage eines kleinen Bonbongeschäfts in Wien gesehen. Er hätte nicht gedacht, dass es diese Zuckerln überhaupt noch gab. Aber jetzt müsse er wirklich gehen, das verstünde sie doch.

Natürlich verstand sie.

Die Tochter begleitete ihn zur Tür.

Irrte sie sich oder war da eine Spannung zwischen der Tochter und dem Sohn? Sie hatte nie darüber nachgedacht, vielleicht hatte sie überhaupt zu wenig nachgedacht. Was denn nicht noch alles? Sie hatte getan, was sie konnte.

Die Tochter hatte den Fernseher angestellt, Johanna mochte es, wenn der Apparat lief, auch wenn sie nicht richtig zuschaute. »Damit sich was rührt in der Hütte«, hatte sie oft gesagt, daheim in ihrer Küche, wenn eines von ihren Kindern abdrehen wollte.

Was waren das für ausgemergelte Gestalten, die sich da drängten, mit knochigen Armen einander zur Seite schoben? Sie griff nach der Fernbedienung, da meinte sie ein Gesicht zu erkennen. Sie beugte sich vor. Ein anderer Kopf hatte sich vor das Gesicht geschoben. Das konnte doch nicht Ruth gewesen sein? Es hatte geheißen, sie und ihr Vater wären weggebracht worden, als der Hitler kam. Keiner hatte gefragt, wohin. Auch Johanna nicht. Sie war mit der letzten Rate für ihr Dirndl nach Gloggnitz gegangen, war vor dem Geschäft mit den eingeschlagenen Fenstern gestanden, da hatte einer von den Hakenkreuzlern sie angeredet und gesagt: »Na, du freust dich doch auch, dass wir jetzt Schluss gemacht haben mit den jüdischen Blutsaugern!« Das klang so drohend, wie sollte sie sich freuen, dagegenreden konnte sie auch nicht, sie war froh, dass er sie einfach stehen ließ, und lief davon.

Die letzte Rate war sie dem Löwy schuldig geblieben. Und jetzt war Ruth hier auf dem Bildschirm, nein, natürlich nicht jetzt, das war vorbei. Das war eine Dokumentation über Österreich im Zweiten Weltkrieg. Heute war das ja anders, heute sah man, was in fernsten Ländern passierte, jeden Abend im Fernsehen. Heute konnte sich keiner mehr vorstellen, wie weit weg Wien damals gewesen war, ganz zu schweigen vom Rest der Welt! Warum fühlte sie dann dieses Unbehagen, wenn sie solche Bilder sah?

Ob Ruth den Krieg überlebt hatte, hätte Johanna gern gewusst. Dann hätte sie ihr die letzte Rate vom Dirndl gebracht. Hätte Ruth ihr die vor die Füße geworfen? Übel nehmen könnte sie es ihr nicht.

»Warum hast du schon das Licht abgedreht? Es ist schlecht für die Augen, wenn nur der Fernseher an ist!«

»Woher willst du das wissen?«

Die Tochter zuckte mit den Schultern, ging zurück in die Küche, klapperte lauter als nötig mit den Töpfen. Wenn sie wenigstens etwas sagen würde! Es war schwer auszuhalten, wenn sie einfach davonging. Das war doch verdammt noch einmal schlimmer, als wenn sie immer das letzte Wort gehabt hätte.

Ein Motocross-Rennen lenkte sie ab. Diese wilden Sprünge, der Sand, der in alle Richtungen stob, das Aufheulen der Motoren, der Moment, wo der Herzschlag aussetzte, bis der Fahrer mit seiner Maschine wieder auf den Rädern landete.

Hans, der mit Bärbel so gut wie verlobt ist, hat sich eine Suzuki gekauft, alt natürlich, arg ramponiert, gemeinsam mit seinem Freund, einem Mechanikerlehrling, hat er sie in vielen Arbeitsstunden repariert, prachtvoll sieht sie aus, die

Vormittagssonne malt Kringel auf den schwarzen Lack, der junge Mann, der sonst so linkisch und maulfaul neben Bärbel wirkt, steht in seiner schwarzen Ledermontur straff und strahlend da, die rechte Hand lässig auf den Sitz seiner Maschine gestützt und genießt die Aufmerksamkeit, die ihm entgegenschlägt. Plötzlich wendet er sich an Johanna, fragt, ob sie ein Stück mit ihm fahren will. Er hat den Satz noch nicht ausgesprochen, da hat sie sich schon auf das Motorrad geschwungen. Alle lachen, Hans gibt Gas, die Maschine bockt hoch wie ein Pferd, Johanna schlingt beide Arme um den Rücken des Burschen, genießt die Fahrt, besonders als sie die Straße hinunter ins Tal erreichen, wo sich Kurve an Kurve reiht, lehnt sich automatisch weit nach links und weit nach rechts, spürt den Fahrtwind, könnte schreien vor Glück. Vor der Bundesstraße bremst Hans ab, fährt eine Achterschlinge um die Kapelle, noch eine Achterschlinge, dann wieder hinauf zurück ins Dorf, langsamer diesmal, da wird das Hinauslehnen in den Kurven fast wiegend wie im Tanz. Als sie vom Sattel steigt, merkt sie ein ganz leichtes Zittern in den Knien. »Wie war's?«, fragt Bärbel und kann nur den Kopf schütteln über Johannas Begeisterung. Die Tochter fürchtet sich vor dem Motorrad, hockt steif auf dem Rücksitz, kann sich nicht in die Kurven schmiegen. Jede Fahrt ist eine Quälerei für sie, und wenn sie nicht mitfährt, ist die Quälerei noch schlimmer. Sie hat sogar wieder angefangen Nägel zu beißen wie in der Volksschule. Die Geschwister machen sich lustig über sie, so einen Angsthasen hat doch die Welt noch nicht gesehen.

Im Nachhinein hätte Johanna wohl merken sollen, dass das nicht gut gehen konnte, aber schließlich waren ihre Kinder damals schon erwachsene Menschen, sie hatte genug andere

Sorgen, sie konnte sich nicht um alles kümmern, das war einfach zu viel verlangt. Als sie sagt, sie würde so gern wieder einmal ins Burgenland fahren und die Ziehschwester besuchen, denkt sie sich nichts Böses dabei, und als Hans vorschlägt, mit dem Motorrad hinzufahren, freut sie sich einfach. Zwei Stunden Fahrt durchs offene Land, hügelauf, hügelab, noch eine Kurve und noch eine Kurve, nichts denken, nichts müssen, endlose gerade Strecken, schneller, immer noch schneller, die Luft flirrt. Plötzlich ist es still, stehen die Bäume am Straßenrand, steht ein Haus, sind sie da, merkt sie, wie trocken ihre Kehle ist, kann kein Wort zur Begrüßung herauskratzen, der erste Schluck Tee holt sie zurück in die Welt.

Die Ziehschwester ist erschreckend alt geworden, aber sie freut sich wie eh und je, tischt auf, will sie gar nicht gehen lassen. Irgendwer behauptet, dass in England oder in Deutschland auch Frauen Motocross fahren. »Das wär doch was für dich, Johanna!«

Johanna lacht. Wenn sie zwanzig Jahre jünger wäre und keine Kinder hätte, dann würde sie es sich wohl überlegen, aber dann müssten sich die Kerle warm anziehen, sagt sie, und Hans nickt dazu.

Eigentlich wollte sie nicht an Bärbel denken. Ganz zu Anfang war Hans ihr Held gewesen, bis zu dem Tag, an dem einer seiner Kumpel mit dem Motorrad verunglückt war. Damit war die Angst in ihr Leben getreten. Immer öfter war sie schweißgebadet aus Albträumen aufgefahren, zitterte, wenn in der Ferne eine Sirene ertönte. Anfangs versuchte Hans sie zu beruhigen, ihr die Angst auszureden, sie war immer noch schlimmer geworden, schließlich gab er auf, angeblich ging er auf Montage ins Ausland. Bärbel heiratete dann bald einen tüchtigen, grundehrlichen Menschen, der sich zum Polier hocharbeitete, bekam zwei Töchter, aber die Ängste wurde sie nicht mehr los, die überfielen sie hinterrücks, obwohl sie doch eigentlich ein gutes Leben hatte, einen braven Mann, gesunde Kinder, ein schönes Haus, alles Gründe, zufrieden zu sein.

Da hatte eine Glück und konnte mit dem Glück nichts anfangen. Gab es so etwas wie ein falsches Glück? Musste auch Glück passen wie ein Schuh?

Vielleicht war das gar kein verkehrter Gedanke. Schuhe musste man regelmäßig putzen, gut eincremen und polieren, sonst wurde das beste Leder schnell rissig und unansehnlich. Es konnte sein, dass es mit dem Glück auch nicht anders zuging. Man musste es richtig pflegen, wenn man es nicht verlieren wollte.

Solange die Kinder klein waren, war es einfach, dachte Johanna. Das Kind hatte Hunger und ihr tat die Brust weh, weil die Milch einschoss. Später erst wurde es schwierig. Dass diese fünf Frauen und drei Männer einmal nicht viel größer als Katzen an ihrer Brust gelegen waren, konnte sie kaum glauben, und wenn sie es sich vorzustellen versuchte, kam es ihr vor, als täte sie etwas Verbotenes, etwas ganz und gar Ungehöriges.

Man musste nur eine Katze anschauen, wie sie ihre Jungen säugte und abschleckte, ihnen alles beibrachte, was für ein Katzenleben nötig war, und sie gegen doppelt so große Gegner verteidigte, aber sobald sie erwachsen waren, verjagte sie die Jungen und kannte sie nicht mehr.

Es war natürlich nicht richtig, Tier und Mensch gleichzusetzen. Aber fragen durfte sie doch, ob es genügte für ein Leben, dass man Kinder großgezogen hatte? Ein verrückter Gedanke.

Besonders komisch, weil ihr einfiel, dass Martha sie jetzt fast so behandelte, als wäre sie die Mutter und Johanna das

Kind. Wenn die Tochter zur Mutter ihrer Mutter wurde und die Mutter zur Tochter der Tochter, dann wurde doch die Großmutter zur Schwester ihres eigenen Enkels? Johanna schüttelte so energisch den Kopf, dass sie fast schwindlig wurde dabei. Sie hatte es ja immer gewusst. Nichtstun brachte auf dumme Gedanken.

Müßiggang ist aller Laster Anfang.

Faulheit ist eine Todsünde. Vor sieben Todsünden hatte der Herr Katechet gewarnt. Da gab es natürlich die Unkeuschheit, das war die wichtigste Todsünde, danach fragte er bei jeder Beichte. Hochmut und Stolz wachsen auf einem Holz. Neid und Zorn hatten auch dazugehört, erinnerte sie sich, und an ihr schlechtes Gewissen, weil sie neidisch war auf Marianne, die Wirtstochter, die in der Bank vor ihr saß, immer schöne Kleider trug und in jeder Pause mit so viel Vergnügen in dicke Wurstsemmeln biss. Ihre Schuhe glänzten immer wie frisch poliert, als traue der Straßenstaub sich nicht, sie zu beschmutzen. Unmäßigkeit war auch eine Todsünde.

Johanna wusste nicht, ob sie tatsächlich ein Bild davon gesehen oder es sich nur vorgestellt hatte, aber bei dem Wort erschien vor ihr ein Fettwanst, dem der Bauch über die Tischplatte quoll, mit einer Hühnerkeule in der einen und einem Krug Bier in der anderen Hand. »Ich will auch die Gelegenheit zur Sünde meiden.« Im Fall der Unmäßigkeit war das nicht schwierig.

Ihren Zorn zu beherrschen, das war ein ganz anderes Kapitel gewesen. Der war oft genug mit ihr durchgegangen. Manchmal hatte es ihr hinterher leidgetan, besonders wenn der jüngste von ihren Buben davonschlich wie ein geprügelter Hund, obwohl sein Jammer sie gleichzeitig fast noch wütender machte. Das Schlimmste war ja, dass der Zorn oft genug den Falschen traf. Aber manchmal war der Zorn gut und notwendig, ohne diesen Zorn hätte sie es nie gewagt, dem Lahnhofer entgegenzutreten, ohne diesen Zorn hätte sie sich nicht getraut, die junge Nachbarin gegen ihre Schwiegermutter zu verteidigen. Wenn sie es recht überlegte, gab es viele Gelegenheiten, wo es besser gewesen wäre, ihrem Zorn öfter nachzugeben. So wie es ihr heute noch leidtat, dass sie dem Gemeindearzt nicht die Meinung gesagt hatte, und zwar gründlich.

Ein Firstner-Satz fiel ihr ein: »Wir haben uns viel zu lang viel zu viel gefallen lassen. Das ist auch eine Schuld.«

Im Fernsehen war ein Film gelaufen, vor vielen Jahren, Peter war neben ihr auf der Bank eingeschlafen, über seinem Schnarchen hatte sie nur wenig von dem verstanden, was geredet wurde, und Fernbedienung hatten sie noch keine gehabt. Da stand ein Bursch mit Schirmmütze an der Himmelspforte vor einem Pult, hinter dem ein Amtsdiener mit Ärmelschonern saß und in einem dicken Buch blätterte. Der junge Mann hatte die Hände in den Hosentaschen und wippte auf den Fersen hin und her, aber von Minute zu Minute wurde er verlegener, gleichzeitig neigte sich eine Schale der altmodischen Waage auf dem Pult immer tiefer und die andere stand schon fast senkrecht in die Höhe. Die Handlung hatte Johanna vergessen, sie wusste nur noch, dass der junge Mann bei einem Einbruch erschossen worden war und dass anscheinend im Jenseits nicht der Heilige Petrus, sondern ein Amtsdiener mit Ärmelschonern und strengem Blick die Personalien aufnahm. Diese Waage mit den beiden kupferglänzenden Schalen an gedrehten Kordeln erschien zum Greifen nahe an der gegenüberliegenden Wand. Unsinn. Dort hing das Foto von ihrem achtzigsten Geburtstag. Die Waage in dem Stück war übrigens eine Apothekerwaage, keine Schuldenwaage, und erst recht keine Sündenwaage. Auf jeden Fall hatte sie an ihrer Schlafzimmerwand nichts zu suchen.

Johanna schob das rechte Bein an die Bettkante, dann das linke. Sie würde aufstehen, auch ohne die Hilfe der Tochter. Herumliegen war nichts für sie. Festen Boden unter die Füße zu bekommen, würde ihr guttun, davon war sie überzeugt. Nur einen Augenblick lang griff sie nach dem Fußende des Bettes, dann konnte sie loslassen und frei durch das Zimmer gehen, die Tür erreichen, durch das Vorzimmer gehen, durch die Küche, bis ins Wohnzimmer.

»Mama, du sollst doch nicht allein aufstehen!«

»Deine Orchideen sind trocken«, sagte Johanna.

»Einmal die Woche werden sie getunkt. Unlängst hat erst wieder ein Gärtner im Fernsehen erklärt, dass die meisten Pflanzen zu Tode gegossen werden.«

Johanna zerbröselte ein Rindenstück zwischen den Fingern.

Was war nicht alles zu viel oder zu wenig. Selten war etwas gerade richtig. Beim Kochen war es auch nicht anders. Wenn die Enkelinnen nach einem Rezept fragten, wollten sie die genaue Mengenangabe wissen, wieviel Gramm dies, wieviel Gramm das. Vermutlich kam das davon, dass sie alles mit dem Mixer abrührten, nicht mit dem Kochlöffel abschlugen, wie konnten sie da ein Gefühl dafür entwickeln, wie viel Milch ein bestimmter Teig brauchte? Die Ziehmutter hatte ihr Lebtag kein Kochbuch gebraucht und keine hatte so saftige Lebkuchen gebacken wie sie.

In den letzten Jahren fielen Johanna bei den seltsamsten Gelegenheiten Sprüche der Ziehmutter ein.

An einem Freitagvormittag steht eine Frau neben einem schlaksigen jungen Mann vor dem Tor und zeigt auf die

Pelargonien an Johannas Fenstern. »Genau wie die von der Mama«, sagt sie. »Düngst du sie auch mit Brennnesseljauche?«

Irgendetwas an der Frau kommt Johanna bekannt vor, dann doch wieder nicht. Die Frau tritt einen Schritt näher.

»Maria! Das gibt's nicht!«

Ihre Ziehschwester aus dem Burgenland! Die Frau schiebt den Burschen vor sich her. »Und das ist der Walter.«

Im Haus schreit Johannas jüngste Tochter, die ist eben aufgewacht und hat Hunger. Immer hat sie Hunger. Maria ist mit dem Auto gekommen, aus einem völlig anderen Leben, unterwegs nach Wien, vor zwei Jahren hat sie den Führerschein gemacht, sagt sie. Befangen sind sie beide, wissen nicht, wo anfangen.

»Erzähl du zuerst!«

Kurz nach Kriegsende ist der Vater gestorben, berichtet Maria, im Jahr darauf ihr Mann in Amerika. Sie hat wieder geheiratet und zwei Töchter bekommen, führt jetzt mit ihrem Mann ein Gasthaus, es geht ihr gut. »Und was ist aus deinem Sepperl geworden?«

»Eine Frieda. Der Sepperl ist ein Jahr später gekommen, aber er heißt Thomas. Dann noch zwei Buben und vier Mädchen.«

»Alle Achtung. – Du, es tut mir leid, dass ich mich nicht bedankt habe für dein Billett, es war so ein Chaos bei uns. Wie hast du es überhaupt erfahren, dass die Mutter gestorben ist?«

»Die Karte, die ich ihr zum Namenstag geschrieben habe, ist zurückgekommen. Empfänger verstorben.«

Maria senkt den Kopf. »Wenigstens einen Partezettel hätte ich dir schicken müssen … Es tut mir wirklich leid. Die Mama hat oft von dir gesprochen.«

Johanna schluckt.

Walter ist hinausgegangen und poliert am Auto herum.

Maria drängt zur Abfahrt. Johanna verspricht, sie so bald wie möglich zu besuchen, und weiß, dass es sehr lange dauern wird, bevor das möglich sein wird. Woher soll sie das Geld nehmen?

»Das Osterei von dir, das hab ich noch«, sagt sie. Walter blickt verwirrt von seiner Arbeit auf. »Bei meinem letzten Besuch hast du mir zum Abschied ein Osterei geschenkt«, erklärt sie.

Er schaut sie an, schüttelt den Kopf, nach einer langen Pause sagt er. »Die Mama hat alle meine Kühe in den Ofen gesteckt.«

Maria fährt auf. »Sag einmal, spinnst du?«

Walter knüllt das Poliertuch zu einem Ball und lässt es von einer Hand in die andere wandern. Man versteht ihn kaum, so leise spricht er. »Du hast schon recht, ich spinn. Aber damals, da war alles so schwierig mit dir und der Oma, und der Vater weit weg, ich hab mich überhaupt nicht ausgekannt und hab immer geglaubt, du bist bös auf mich. Und dann ist die Johanna gekommen, die war auch ganz durcheinander, aber anders durcheinander, und wenn ich hereingekommen bin, hat sie sich gefreut und hat gelacht und wir haben diesen Bauernhof gebaut und die Viecher aus Bockerln und Fichtenzapfen gemacht.«

Seine Mutter macht einen Schritt auf ihn zu, er strafft sich. »So ein Blödsinn. Warum erzähl ich das jetzt? Wenn wir nicht fahren, kommen wir wirklich zu spät.«

Johanna winkt dem Auto nach.

Seltsam, wie deutlich diese erste Begegnung nach langer Zeit vor ihr stand. Dreizehn Jahre lang hatten sie und Maria im selben Haus mit denselben Menschen gelebt, hatten aus derselben Schüssel gegessen, hatten im selben Bett geschlafen, hatten in derselben Zinkwanne gebadet, waren in dieselbe Schule gegangen und am Sonntag in dieselbe Kirche, hatten dieselben Sprüche gehört, aber es war trotzdem nicht dasselbe gewesen. Im zweiten Schuljahr hatte der Herr Lehrer sie wegen irgendeiner Dummheit ermahnt und gesagt: »Du schuldest deinen guten Zieheltern ewige Dankbarkeit dafür, dass sie dich aus der Gosse gerettet haben! Sieh zu, dass sie es nicht bereuen!« Sie hatte nicht gewusst, was eine Gosse war, etwas unaussprechlich Grässliches auf jeden Fall, vermutlich wie die Hölle, in der grinsende gehörnte und geschwänzte Teufel mit Heugabeln und Kettengerassel auf vergeblich klagende Sünder losstürmten. Maria war danebengestanden.

Spielte ihr die Erinnerung einen Streich oder hatten sie wirklich bis zu diesem Tag beide »die Mutter« gesagt, Maria aber von dem Tag an immer »meine Mama«, und dabei »meine« gedehnt und betont?

Zehn Jahre nach diesem Wiedersehen feierte Maria einen runden Geburtstag, eine große Familie an einem großen Tisch.

Ein schöner Tag, nicht zu heiß, die Tafel war im Garten gedeckt, die Sonne warf schimmernde Kringel durch das Laub der Apfelbäume auf das weiße Tischtuch, die Hörner funkelten, als Peter und die Söhne ein Ständchen für Maria spielten. Es wurde viel gelacht. Johanna hatte das neue Haus bewundert, mehr als doppelt so groß wie das alte, vor allem die chromglänzende Küche mit Arbeitsflächen aus hellem Marmor und Wandschränken voll mit Geschirr und Vorräten, die mehrere Familien monatelang ernährt hätten. Das alte Haus, sagte Maria, werde bald abgerissen, es sei einer da gewesen, der hätte den Küchenherd gern für ein Museumsdorf gekauft, dann hätten sie nichts mehr von ihm

gehört, und ewig könnten sie auch nicht warten, der letzte
Sturm habe das Dach ziemlich beschädigt.

»Schad um den Herd.«

»Ja, schade um den Herd. Aber kochen tu ich lieber hier.«

Warum sie da beide gelacht hatten, war Johanna nicht
klar, wie ihr auch nicht klar war, woran es lag, dass sie mit
ihrer Ziehschwester nie über die gemeinsame Vergangenheit
reden konnte. Da ging es ihr genauso wie mit Maria Lahnhofer: Sie passte auf, was sie sagte. So wie man vorsichtig ging,
wenn man nicht ganz sicher war, ob man in etwas hineintrat
oder sich den Fuß verknackste. Oder wie man die dreckigen Schuhe auszog, wenn man in eine frisch geschrubbte
Wohnung ging.

Sie schüttelte heftig den Kopf. Dieses Nichtstun war eine
Quälerei, es rief Erinnerungen auf, mit denen sie nichts zu
tun haben wollte. Jetzt sah sie auch noch den Herd in Peters
Haus vor sich, an dem Tag, an dem sie zu ihm gezogen war.
Peters Mutter hatte Gulasch gekocht, nach dem Essen ging
sie mit Peter in den Stall, Johanna wusch das Geschirr. Der
Herd war über und über angespritzt, angebrannte Essens-
reste auf der schwarzen Platte, Rost auf dem stählernen
Rand. Johanna machte sich mit Bürste und Stahlwolle über
den Herd her. Der Bauch war ihr im Weg, als sie schrubbte
und kratzte.

Zorn auf diese Rostflecken stieg in Johanna auf, sie hörte
ihren eigenen Atem wie ein bedrohliches Keuchen von
außerhalb, schrubbte noch wütender, bis plötzlich Peter auftauchte, ihr die Bürste wegnahm und sie zur Eckbank führte.
Einen Augenblick später kam auch seine Mutter herein.

»Morgen geht sowieso wieder die Milch über«, schimpfte sie.
»Das nutzt doch nix. Gar nix nutzt das.«

»Geh schlafen, Mutter«, sagte Peter.

Seine Kiefer mahlten. Johanna widersprach nicht, als er sie ins Bett schickte. Sie hörte ihn draußen auf und ab gehen.

Am nächsten Tag brachte er eine Drahtbürste, eine Tube Sidol und eine Paste für die Herdplatte.

Verbissen bearbeitete Johanna den Herd, rieb, schabte, änderte den Winkel, in dem sie die Bürste aufsetzte. Wenn sich ein Stück Rost wie der Schorf von einer Wunde abkratzen ließ, war es ein Sieg. Ihre Hände waren bald von schwarzen Linien durchzogen, die sich nicht abwaschen ließen, die Haut an den Fingerkuppen war rau und rissig, aber sie konnte nicht aufgeben, obwohl Peter besorgte Blicke auf ihren Bauch warf, wenn er sah, wie sie sich mit dem Putzen abmühte. Erst kurz vor der Geburt ihrer Tochter war sie endlich zufrieden, der Rand funkelte wie reines Silber, die Platte war glänzend schwarz.

Jetzt gehörte der Herd ihr.

Wie oft hatte Peter die Reste des alten Mörtels säuberlich abgeschlagen und den Herd frisch schamottiert. Wenn er dann zum ersten Mal vor dem neu verputzten Ofen kniete, trockene Birkenreiser, Tannen- und Föhrenzapfen bedächtig aufbaute, drei Holzscheiter akkurat darüberlegte und ein Streichholz anriss, sah sie die Spannung in seinem Rücken. Flammte das Feuer dann richtig auf und der Kamin zog, wie es sich gehörte, klopfte er den Staub von seinen Knien und nickte, als hätte er nichts anderes erwartet.

Eines Tages war Thomas mit einem neuen Herd dahergekommen. Lud ihn einfach zusammen mit einem Schwiegersohn vom Anhänger, erwartete wohl Freude und Begeisterung über das weiße Ding. Ein Beistellherd, sagte er, daneben hätte ein Elektroherd Platz, den alten Herd werde er abreißen, der hätte längst ausgedient. Erst am Abend im Bett sagte Peter, der Sohn hätte doch fragen können, ob sie einen anderen Herd wollten.

Kinder haben war überhaupt seltsam, dachte sie. Du freust dich über ihre ersten Schritte und dann gehen sie immer weiter und weiter und du weißt nicht wohin, eigentlich ist jeder Schritt ein Schritt weg von dir, das ist gut so, obwohl es auch weh tut, und sie wachsen dir davon und über den Kopf, sie sagen noch Mama zu dir, aber irgendwann behandeln sie dich, als wären sie die Erwachsenen und du das Kind, und es fällt ihnen nicht einmal auf. Wenn du sie anschaust, kannst du ja selbst nicht glauben, dass sie einmal hinter dir hergelaufen sind wie die Küken hinter einer Henne. Damals hast du nicht gewusst, was für ein Glück das war. Eigentlich hatte sie allen Grund, zufrieden zu sein. Sie war ja auch zufrieden. Sie hatte alles, was sie brauchte.

Wenn die, die sie vor fünfzig, sechzig Jahren gewesen war, sie heute sehen könnte, würde sie staunen. Dann wäre sie vielleicht sogar neidisch. Dinge, die heute selbstverständlich für sie waren, wären ihr damals als der Gipfel des Luxus erschienen: fließendes warmes Wasser, flauschige Handtücher, duftende Seife, fünf Paar Schuhe im Schrank, ein Stapel Pullover, die unglaublich leichte, weiche Decke, die ihr die Töchter zum letzten Geburtstag geschenkt hatten, in die sie sich zum Fernsehen einwickelte, weil das Gefühl auf der Haut so angenehm war. Eigentlich schade, dass sie sich nur selten daran erinnerte, wie groß der Unterschied zwischen damals und heute war.

So vieles hatte sich geändert. Manches war leicht fassbar, das meiste aber hätte sie nicht festmachen können. Solange alle ihre Kinder zu Hause gewesen waren, war Peter mit seinem alten Waffenrad in die Schicht gefahren, das war das einzige Fahrzeug der Familie gewesen. Wenn er müde von der Arbeit heimkam, schob er das Fahrrad den Berg herauf. Als er sich endlich ein gebrauchtes Moped leisten konnte, verbrachte er Stunden damit, es zu ölen und auf Hochglanz zu bringen.

Ungerufen tauchte ein Bild vor ihr auf. Peter auf seinem Moped, hinter ihm auf dem Gepäckträger hat er eine große Kiste festgezurrt, darin hockt auf einer dicken Strohschicht ein Rammler. Peter sitzt kerzengerade, den Hut auf dem Kopf, fährt die Dorfstraße auf und ab, links und rechts gehen die Haustore auf, die Leute treten heraus, lachen, machen anzügliche Bemerkungen, Peter lässt sich nicht beirren, dreht weiter seine Runden. Nach einer halben Stunde steigt er ab, trägt die Kiste in den Stall und bringt den Rammler zur Häsin. Endlich tut er, was von ihm erwartet wird.

Ein Auto hat Peter nie besessen, auch nie einen Führerschein gemacht. Heute hat jedes ihrer Kinder ein eigenes Auto, die Enkelkinder inzwischen auch. In ihrem Hof konnten längst nicht mehr alle parken, an ihrem Geburtstag mussten sie auf die Wiese der Nachbarin ausweichen.

Eine Fliege landete auf ihrer Stirn. Sie schlug nach ihr, verfehlte sie. Die Fliege summte durchs Zimmer, verharrte kurz vor dem Fenster, umkreiste die Lampe. Johanna folgte ihr mit den Augen.

Das Summen hörte auf. Einen Augenblick später kitzelte es Johanna im Nacken, gleich darauf am Scheitel. Wütend fuhr sie hoch, viel zu schnell, eine leichte Übelkeit breitete sich in ihrem Magen aus. Sie schloss kurz die Augen. Setzte sich dieses Mistvieh doch glatt auf ihr rechtes Lid. Die Fliegenbeine auf der dünnen Haut waren ein widerliches Gefühl. Unendlich vorsichtig hob sie die linke Hand, Millimeter um Millimeter. Du entkommst mir nicht!

Aber natürlich flog das Biest im letzten Moment davon. Teufelsgezücht.

Sie hat gerade die neue Unterhose für die tote Reserl von daheim geholt, da sitzt die Altbäuerin ihren Rosenkranz leiernd am Bett ihrer Tochter und merkt nicht, dass drei fette Schmeißfliegen auf dem Gesicht des armen Mädels herumtanzen. Nie hat sie sich wehren können, nicht einmal im Tod hat sie ihre Ruhe. »Kannst du nicht wenigstens ...«, schreit Johanna die alte Frau an und verstummt sofort wieder. Die versteht ja doch nicht.

»Ist was, Mama?«

»Wieso?«

»Ich hab geglaubt, ich hab was gehört.«

»Was du immer hörst.«

Die Schreie waren Vergangenheit, nicht Gegenwart.

»Die Fliegen werden immer frecher«, sagte Johanna.

Die Tochter machte ein erstauntes Gesicht. »Dass ich das noch einmal erleb, dass du nicht mit den Fliegen fertig wirst!«

Die Fliege landete auf Johannas Knie. Johanna schlug zu, traf. Sie hielt die Fliegenleiche an einem Flügel zwischen Daumen und Zeigefinger.

Die wenigstens würde ihr nicht mehr auf der Nase herumtanzen. Auch nicht vor der Nase.

Was für ein jämmerlicher Triumph. Aber schließlich, in ihrem Alter konnte sie nicht mehr wählerisch sein, was Triumphe betraf. Immerhin hatte sie diese eine erwischt.

Die Tochter warf die Fliegenleiche aus dem Fenster, wischte mit einem von diesen modernen Zaubertüchern über den Bildschirm und stellte den Fernseher an.

Johanna mochte diesen Augenblick, bevor das Bild so plötzlich auftauchte, mit einem Schlag aus dem Nichts, da flirrte nichts wie früher auf ihrem alten Apparat, da gab es nur einen Herzschlag lang eine tiefere Schwärze als zuvor und dann strahlte es vom Schirm, grüner als grün, röter als rot, blauer als blau, die Haut dieser schönen, wichtigen Menschen ganz ohne Falten und Äderchen, glatter als glatt. Sie lehnte sich zurück, schloss die Augen. Am liebsten hätte sie auch die Ohren geschlossen, aber das war ja unmöglich, die Nachrichten drangen durch die Ohren ein, zwangen sie, die Augen wieder zu öffnen. Sie hatte keine Ahnung, von welchem Land die Rede war, wovor diese Menschen davonliefen, aber die Angst, mit der die Frau auf dem Bildschirm ihr Kind an sich drückte, die kannte sie.

So war sie mit der zweitjüngsten Tochter im Arm, einem Kind im Bauch und einem Kind an der Hand aus dem Haus gerannt, als der Dachstuhl zu brennen begann, der jüngste Sohn hatte an ihrer Kittelfalte gezerrt, zweimal war sie fast über ihn gestolpert, die älteste Tochter renkte dem Zweitjüngsten fast den Arm aus, wie sie ihn hinter sich herzog, Thomas hatte im letzten Augenblick Peters Instrument aus der Stube geholt. Peter war zum Volkssturm abkommandiert worden, irgendwo im Semmeringgebiet schaufelte er Schützengräben. Als er spätabends vor der Brandruine stand, kam Thomas zu ihm gelaufen und reichte ihm das Horn.

Sie waren heil davongekommen, sie hatten zurückkehren können in ihr Haus, es hatte Schaden gelitten, aber es stand noch an seinem Platz. Die Frau aus den Fernsehnachrichten war nicht heil davongekommen, es gab keinen Platz mehr für sie. Die Angst in ihrem Gesicht war eine, die nie weggehen würde, und selbst wenn es ihr Haus noch geben sollte, selbst wenn die Schäden repariert werden könnten, diese Frau würde nie wieder zu Hause sein, weder in ihrem alten Haus noch irgendwo sonst auf der Welt.

Sie hatten Glück gehabt. Leicht war es nicht gewesen, die ineinander verkeilten, verzahnten Trümmer auseinanderzuzerren, noch brauchbare Sparren, Ziegel, Dachplatten, Streben zu sortieren, Nägel zu ziehen, mit ständig knurrendem Magen. Die größeren Kinder hatten fleißig mitgeholfen. Eigentlich hatten sie doppelt Glück gehabt, dass sich keines verletzt hatte, sie hatten ohne Handschuhe gearbeitet, ohne irgendeinen Schutz, waren über Balken balanciert, die nirgends mehr befestigt waren, waren von einem Mauerrest auf den nächsten gesprungen, der einen Augenblick später in sich zusammengekracht war. Ja, alles in allem hatten sie noch Glück gehabt. Was da alles hätte passieren können!

»Glück auf!« hatten Peters alte Kumpel einander gegrüßt, lange nachdem die Grube geschlossen worden war, als der Bergmannsgruß nicht mehr ganz ernst gemeint, aber noch Zeichen einer besonderen Verbundenheit gewesen war.

»Viel Glück und viel Segen auf all deinen Wegen«, sangen die Kinder zum Geburtstag. »Gesundheit und Frohsinn sei auch mit dabei.« Viel Glück. Glück im Unglück.

Wer hatte zu ihr gesagt: »Da haben wir erst erkannt, was das für ein Glück war«? Vielleicht erkannte man Glück überhaupt oft erst im Nachhinein, in der Erinnerung?

Ein Sommerabend fiel ihr ein, die Kinder und Enkelkinder waren alle gekommen, es hatte sich einfach so ergeben, ohne besonderen Anlass, jetzt waren die Letzten gegangen, die Küche war wieder aufgeräumt, die Hasen waren gefüttert, die

Blumen gegossen, in dem warmen Licht strahlten die Pelargonien rot und die weißen Bartstoppeln auf Peters Wangen und Kinn schimmerten silbern. Es war völlig windstill, kein Mensch unterwegs, da flogen Schwalben mit langgezogenen Rufen übers Haus, die weißen Brustfedern eines Nachzüglers leuchteten auf, dann war der Schwarm verschwunden, wie von den zerfransten Wolken verschluckt.

Es hieß ja, im Himmel würde man auf Wolken sitzen und hinunterschauen auf die Menschen, die man auf der Erde zurückgelassen hatte. Unvorstellbar, dass Peter tatenlos im weißen Nachthemd auf einer Wolke sitzen sollte. Das wäre kein Himmel für ihn. Ein Himmel musste doch zu dem passen, der dieser Mensch gewesen war, oder etwa nicht? Ein Himmel für alle, wie sollte das gehen? Ja, Peter hatte es geliebt, nach einem langen Aufstieg auf einem Berg zu sitzen und ins Tal zu blicken, aber für immer und ewig? Es gab viele Dinge, die sie gern getan hatte, aber für immer und ewig?

Auf ihre alten Tage fing sie an, wieder herumzudenken wie als kleines Mädchen. »Hoffärtig denken« hatte der Herr Kaplan das genannt. »Hoffärtig denken ist fast so schlimm wie die Unkeuschheit. Da weint dein Schutzengel, dass ihm die Flügerln schwer werden von so viel Tränen.«

Wahrscheinlich hatte er es gut gemeint, der Herr Kaplan. Ein Andachtsbild vom Heiligsten Herzen Jesu hatte er ihr geschenkt, aufgeklebt auf einen weißen Karton mit Goldrand. Sie hatte es jahrelang in Ehren gehalten, hatte aber keine Ahnung, wo es schließlich geblieben war.

Gestern hatte ein Flugzeug einen ganz seltsamen Kondensstreifen hinter sich hergezogen, viel breiter als normal, und an einem Ende mit Zacken und Spitzen geschmückt wie die gehäkelten Bordüren an Marthas Küchenregalen. Dann hatte ein gewöhnlicher Kondensstreifen ihn quer durchgestrichen, wie eine grantige Lehrerin eine schöne Zierleiste durchstreichen würde.

Sooft sie ans Sterben dachte, wirklich vorstellen konnte sie es sich nicht. Sie hatte das Sterben anderer erlebt und in den letzten Monaten immer deutlicher beobachtet, wie ihr der eigene Körper fremd wurde, wie ihr ein Teil nach dem anderen den Dienst aufsagte. Die Hände, die ganz ohne Vorwarnung angefangen hatten zu zittern und nicht mehr zupacken konnten. Die Füße, die verlernt hatten zu gehen, wenn sie nicht einen nach dem anderen bewusst hob und richtig hinstellte. Nie hatte sie aufpassen müssen, was sie aß, jetzt vertrug sie dies nicht und das nicht, bekam Sodbrennen, ihre Verdauung funktionierte nicht, ihre Haut wurde immer dünner, bekam ständig blaue Flecken, auch wenn sie sich nicht erinnern konnte, dass sie irgendwo angestoßen war. Dass sie schlechter hörte und nicht mehr so gut sah wie früher, hatte sie erwartet, die anderen Veränderungen fand sie unnötig kränkend. Eines Tages, dachte sie, würde sie am Morgen vor dem Spiegel stehen und eine ganz fremde Person sehen, die ihr noch dazu bestimmt überhaupt nicht gefallen würde, und die sie nicht einmal hinauswerfen konnte. Wenn sie Glück hatte, noch einmal Glück hatte, würde sie diesen Tag nicht mehr erleben.

»Ist es dir recht, Mama, wenn wir morgen deine Haare färben?«

»Geschnitten gehören sie auch.«

Man musste ja nicht mit grauen Zotteln herumlaufen, nur weil man eine alte Frau war. Schlimm genug, dass die Haare immer dünner wurden, ihren Glanz hatten sie schon lange verloren. Zwei dicke Zöpfe hatte sie gehabt als junges Mädchen. Nach jedem Haarewaschen war sie auf einem Schemel zwischen den Beinen der Ziehmutter gesessen, die mit einem breitzinkigen Kamm Strähne um Strähne ihrer Mähne bändigte und dabei vor sich hin schimpfte, wie lange das dauerte, während Johanna sich bemühte stillzuhalten, obwohl es zerrte und ziepte und ihr die Tränen in die Augen trieb. Als sie dann im Dienst war, wuschen die Mädchen einander die Haare an ihrem freien Sonntagnachmittag, es war ja nicht einfach, sich selbst Wasser aus einem Krug über den Kopf zu gießen. Romana war die Erste, die mit kurz geschnittenen Haaren zum Treffen im Hochstand kam und behauptete, der Friseur hätte ihr sogar Geld für ihre langen blonden Zöpfe gegeben. Danach folgten auch die anderen ihrem Beispiel, der Friseur behielt die Haare, zahlte aber nicht dafür. Als der Lahnhofer Johanna sah, schüttelte er den Kopf. »Jetzt dauert's gewiss nimmer lang und du landest in der Gosse wie deine Mutter.«

Noch in der Erinnerung wusste Johanna nicht wohin mit ihrer Scham und ihrer Wut. Nicht einmal das Wegrennen hatte sie geschafft. Sie war hinausgelaufen, weg, nur weg, ohne zu wissen wohin, keinen Gedanken im Kopf, nur weg. Im Hof rutschte sie aus, fiel hin, wollte sich aufrappeln, ihr rechter Fuß tat höllisch weh, unwillkürlich stöhnte sie auf, der Hofhund begann zu bellen und an seiner Kette zu rasseln. Die Bäuerin und Maria kamen heraus, versuchten Johanna aufzuhelfen, nach einiger Zeit erschien auch der Lahnhofer in der Haustür, seine Tochter fuhr ihn an: »Ja, schau dir nur an, was du angerichtet hast! Stolz kannst du sein!« Dann waren auch die Söhne da, gemeinsam trugen sie Johanna ins Haus und legten sie ins Bett, nach kurzer Zeit war der Knöchel dick angeschwollen, eine Nachbarin erklärte, das sei nur verstaucht, nicht gebrochen, verordnete Wickel und Schonung. Johanna hörte den Lahnhofer schreien, dass er sich von seiner Tochter das Wort nicht verbieten lasse und nicht für jeden Schmarren einen Arzt holen werde, Marias Antwort verstand sie nicht. Die Bäuerin brachte ihr einen Teller Hühnersuppe und sah unglücklich aus. Die Buben schauten herein und wollten sich darüber kaputtlachen, dass sie auf einem faulen Apfel ausgerutscht war. Maria scheuchte ihre Brüder hinaus.

Sie machte die Umschläge und Wickel, sie half Johanna, auf einem Bein zum Nachttopf zu hüpfen, sie half ihr beim Waschen. Johanna hätte sich gern bei ihr bedankt, was sie daran hinderte, wusste sie nicht, es war diese seltsame Scheu zwischen ihnen. Heute könnte sie mit Maria reden, heute könnten sie einander begegnen. Sie hatte zwar damals schon gespürt, vielleicht sogar gewusst, dass Maria nicht auf der Seite Lahnhofers stand, aber sie war doch seine Tochter gewesen und Johanna seine Magd, das war ein Graben, über den sie nicht springen konnte, eine Mauer, auch wenn Maria sich an dieser Mauer den Schädel blutig gestoßen hatte. Immerhin hatte Maria es schließlich geschafft, sie war ausgebrochen, sie hatte ihren eigenen Weg gefunden.

Jetzt wäre es schön, an einem Tisch zu sitzen und zu reden, zwei alte Frauen, die einander vielleicht Fragen stellen könnten, die sie noch nie gestellt hatten. Gut würde Maria die Schwesterntracht stehen, Johanna konnte sie vor sich sehen, im Krankenhaus, mit wehenden Röcken weit ausholend über die Korridore schreitend, geachtet von Patienten und Ärzten. Hatte sie geheiratet oder hatte sie nach der bösen Enttäuschung mit dem Franz von Männern überhaupt nichts mehr wissen wollen? Wie hatte sie es geschafft, dass keines von den Klatschmäulern im Dorf wusste, was aus ihr geworden war, nicht einmal die Schwägerin, die doch weit im ganzen Bezirk herumkam, bis hinein ins Steirische und hinüber ins Burgenland? Kurz nachdem sie gegangen war, war doch der Krieg ausgebrochen, und dann …? Aber egal, jedenfalls hatte keiner mehr nach ihr gefragt, und der Lahnhofer war ja dann gleich ein hohes Tier gewesen und hatte mehr Leute zum Schikanieren gehabt, da hatte ihm die Tochter nicht so gefehlt.

Jahrelang hatte Johanna kaum mit den Lahnhofers zu tun gehabt. Man grüßte einander, wenn man sich bei der Erntedankmesse in der Kapelle traf oder zufällig auf der Dorfstraße begegnete, aber das war es auch schon. Die Welten diesseits und jenseits des Hollerbuschs hatten nicht viel miteinander zu tun, außer bei Begräbnissen. Zu Begräbnissen ging man, das verstand sich von selbst, es wäre eine Schande gewesen, das nicht zu tun. Das waren aber auch schon die einzigen Gelegenheiten.

Der junge Lahnhofer hatte alle Felder verpachtet, es gab keine einzige Kuh mehr im Stall, keine Schweine, nicht einmal Hühner. Die jüngeren Söhne waren ausgezogen, einer lebte irgendwo im Ausland, in Australien hieß es oder in Amerika. Die Bäuerin sah man nur, wenn sie grau und in sich gekehrt mit einer kleinen grünen Gießkanne zu dem Marterl am Dorfende ging, um die Blumen zu gießen. Die Frau könnte mir fast leidtun, dachte Johanna, sie hat es nicht leicht gehabt, glaube ich, und hat mich ja auch nicht schlecht behandelt, wenn man es genau nimmt. Hat sich halt nicht wehren können gegen den Mann. Was war das einmal für ein stolzer Hof mit zwanzig Kühen im Stall und dem schönsten Stier im ganzen Bezirk! An den Mauern klebten Schwalbennester, in denen Junge zwitscherten. Schwalben bringen Glück, hieß es immer. War ein Bauer noch ein Bauer, nur weil er so und so viele Hektar Ackerland und so und so viele Hektar Wald besaß? Von seinem Geld konnte keiner abbeißen, auch nicht mit dem teuersten Gebiss.

Noch vor ein paar Jahren war jeden Abend ein Schwarm Schwalben übers Dorf geflogen, sie hatten sich im September auf den Telegrafendrähten gesammelt, bevor sie pünktlich zu Mariä Geburt die Reise nach Ägypten angetreten hatten. Jetzt hörte man nur mehr selten Zwitschern, es gab auch nur mehr einen einzigen Hof, wo Kühe im Stall standen. Aber es gab drei Swimmingpools im Dorf.

Die Maria hätte gewusst, wo sie mich finden kann, dachte Johanna. Aber vielleicht hat sie gedacht, ich glaube, dass sie so denkt wie ihr Vater? Nein, so was hätte sie doch nicht von mir gedacht, oder? Aber Menschen sind eben schwierig, und manchmal sind gerade die gescheitesten besonders blöd, das ist einmal wahr.

Martha kam mit einer Tasse Kräutertee. Seit einiger Zeit befasste sie sich mit Heilkräutern und probierte immer neue Mischungen aus, von denen manche überraschend gut schmeckten.

Sie schaltete den Fernsehapparat ein.

Auf dem Bildschirm stapfte eine Frau durch eine Wüste, Wind peitschte den Sand zu seltsamen Spiralen auf, zerrte am Schleier, mit dem sie das Kind in ihrem Arm zu schützen versuchte. Die Frau war groß und mager, die Sehnen an ihren Armen traten hervor wie Stricke. Die ist schon lange unterwegs, dachte Johanna. Weiß sie überhaupt, wo sie hingeht? Plötzlich schien Johanna, dass etwas nicht stimmte an der Art, wie die Füße des Kindes baumelten. Die baumelten nicht, wie Kinderfüße im Schlaf baumelten. Oder baumelten schwarze Kinderfüße anders als weiße? Die Frau verschwand aus dem Bild, Sand füllte ihre Fußstapfen.

»Glaubst du, dass das Kind tot ist?«

»Ich weiß nicht. Es ist schrecklich. Verdursten ist kein schöner Tod.«

»Gibt es einen schönen Tod?«

»Einen schöneren als Verdursten ganz sicher. Es gab doch einmal einen Film, da war der Tod eine schöne junge Frau.«

Die Tochter lachte, hielt sich aber sofort die Hand vor den Mund, als wäre es ihr peinlich. Wenn sie lachte, sah man erst, wie hübsch sie war, dann fiel ein Teil der Verantwortung von ihr ab, die sie sonst immer trug, nicht nur für ihren Sohn und seine Familie, sondern auch für ihre Geschwister und deren Familien.

Solange sie in der Fabrik gearbeitet hatte, hatte sie auch für die Kolleginnen dort Verantwortung übernommen. Nicht dass sie sich darum bewarb, das tat sie nie, es fiel ihr einfach zu. Sie wurde auch nicht in den Betriebsrat gewählt oder sonst in eine offizielle Funktion, sie war schlicht die, zu der alle liefen, wenn es ein Problem gab, einfach weil sie war, wie sie eben war. Hinterher kam auch niemand auf die Idee, sich bei ihr zu bedanken, und wenn es jemand getan hätte, hätte sie verwundert abgewehrt. Sie erzählte nur ganz selten etwas aus ihrer Arbeit, einmal war sie noch so wütend, als sie nach der Schicht heimkam, dass sie doch damit herausplatzte, was an dem Tag geschehen war. Johanna hatte nicht ganz verstanden, was genau passiert war, weil sie die Maschinen und die Abläufe nicht kannte, es ging um das Vulkanisieren der Handläufe für die Rolltreppen der U-Bahn in einem Säurebad. Diese Gummischläuche waren riesig lang und sehr schwer. Zu der Maschine war eine neue junge Arbeiterin eingeteilt, der Zeitnehmer stellte das Band viel zu schnell ein, die Gummischläuche begannen sich zu verheddern, die Frau geriet in Panik und war drauf und dran, mit bloßen Händen in die Salzsäure zu greifen, Martha sah es aus dem Augenwinkel, riss sie zurück und stellte die Maschine ab. Die Frau hätte beide Hände verloren, sagte sie, nur weil der Trottel sich beim Meister einschleimen wollte. Davor war ein Mann an der Maschine gestanden, da war sie langsamer gelaufen.

Eigentlich hatte Martha ja Schneiderin werden wollen. Sie konnte nähen, tapezieren, malen, Haare schneiden, es gab fast nichts, was sie nicht probiert und auch geschafft hätte. Manchmal bedauerte Johanna, dass sie keine Lehrstellen für die Mädchen gefunden hatten. Damals waren sie froh gewesen, Arbeit in der Fabrik zu finden und ihr eigenes Geld zu verdienen. Sie war auch froh gewesen über das Kostgeld, das die Töchter bezahlten. Nicht mehr anschreiben lassen müssen! Komisch, wie schnell es selbstverständlich geworden war, einfach das Geldbörsel aus der Tasche zu ziehen.

Alle ihre Töchter waren gute Hausfrauen und hervorragende Köchinnen geworden, das durfte sie ohne falsche Bescheidenheit behaupten. So verschieden sie waren, wenn es darauf ankam, hielten sie zusammen, sie wussten, dass sie sich aufeinander verlassen konnten, auch wenn sie in den meisten Dingen entgegengesetzter Meinung waren. Wehleidig war keine, und nachtragend auch nicht.

Keine ihrer Töchter musste durch die Wüste irren, jede hatte ihren Platz gefunden, und keine beklagte sich, wenn dieser Platz kein gepolsterter Lehnsessel war.

Natürlich konnte man sich dies und das wünschen, der müsste und die sollte und warum und wieso und überhaupt. Aber letztlich kam es nicht darauf an.

Warum sollte ausgerechnet ihre Familie nichts zu wünschen übrig lassen? Dann wäre sie keine Familie.

Dazugehören war ihr größter Wunsch gewesen. Mehr als alles auf der Welt hatte sie sich als Kind gewünscht, einfach dazuzugehören. Ohne Wenn und Aber. Dazugehören, auch wenn sie einmal nicht dankbar war.

Gab es das? Dazugehören ohne Wenn und Aber?

Nicht: solange du brav bist. Nicht: solange du ordentlich bist. Nicht: solange du gut arbeitest. Nicht: solange du bescheiden bist. Nicht: solange du freundlich bist.

Kinder gehörten auch dazu, wenn sie schlimm waren und schlampig und faul, wenn sie Ansprüche stellten und nicht freundlich waren. Sie blieben deine Kinder und gehörten dazu. Das machte nämlich Familie aus. Ihre Kinder mussten nicht, sie konnten.

Moment, unterbrach sie sich selbst, und was ist mit all den Kochlöffeln und Prackern? Ich habe ihnen doch sehr wohl klargemacht, dass sie sich so und nicht anders zu verhalten hatten. Ich habe ihnen doch sehr wohl im Guten wie im Bösen gezeigt, was ich von ihnen erwarte.

Ja, aber immer haben sie dazugehört, das ist nie infrage gestanden. Vielleicht waren sie gerade deshalb Menschen geworden, auf die sie stolz sein konnte.

»In welchem Land ist das eigentlich?«, fragte Johanna.

»Was?«

»Diese Wüste.«

»Welche Wüste?«

Das war ja schlimm. Martha war viel zu jung für eine Demenz! Johanna zeigte auf den Bildschirm.

»Du bist eingeschlafen. Du meinst die Doku über die Dürrekatastrophe in der Sahelzone?«

Ohne ein Wort stand Johanna auf und ging hinaus. Sie blieb so lange im Badezimmer, dass Martha nachkam und an die Tür klopfte.

»Ist alles in Ordnung?«

Sie ließ sich Zeit mit dem Antworten, hörte den unterdrückten Seufzer der Tochter.

»Was soll schon sein?«

Der Tag hatte so gut begonnen. Sie konnte sich zwar nicht erinnern, was sie geträumt hatte, aber es musste etwas Schönes gewesen sein, Kaffeeduft wehte aus der Küche herüber, im Radio spielten sie einen Walzer, den sie besonders gernhatte. Sie wackelte mit den Zehen, hatte keine Schwierigkeiten beim Aufstehen. Die Tochter hatte frische Semmeln vom Bäcker geholt. Sie müsse heute einkaufen gehen, der Bruder hatte Zwetschgen gebracht, die wollte sie einkochen, hatte aber nicht genug Zucker im Haus und es fehlte auch sonst einiges.

»Ich geh mit«, sagte Johanna.

»Bist du sicher?«

»Natürlich bin ich sicher, was glaubst du?«

Es hatte ihr Spaß gemacht, sich zum Ausgehen anzuziehen, nach so langer Zeit wieder einmal den Einkaufswagen durch den Supermarkt zu schieben, ein paar Worte mit Bekannten zu wechseln, Obst und Gemüse zu begutachten, Preise zu vergleichen, das Angebot in den Regalen zu prüfen. Bis plötzlich diese Person auf sie zustürzte, sie fast umwarf, ihr links und rechts einen Kuss auf die Wange schmatzte, gleichzeitig mit beiden Händen Johannas Oberarme packte und kreischte, wie sehr sie sich freue, die liebe Tante endlich wiederzusehen. Ihr Gesicht kam immer näher. Ein Sturzbach von einem Redeschwall ergoss sich über Johanna, so schnell, dass sie nur hin und wieder ein Wort verstand. Was zum Kuckuck? Eine Verrückte? Wieso kam ihr Martha nicht zu Hilfe?

»Ja, kennst du mich denn nicht?«

O doch, in dem Moment erkannte sie die jüngste Tochter der Schwägerin, die schon als Dreizehn-, Vierzehnjährige die große Dame gespielt hatte, die gemeinsam mit ihren Schwestern lachend mit dreckigen Schuhen über den frisch geschrubbten Küchenboden gelatscht war. Absichtlich hatten sie das Plumpsklo verschmiert, das sie gerade fertig geputzt hatte. Und die Schwägerin hatte gesagt, ein Malheur könne schließlich jedem passieren, und die Mädchen hatten grinsend zugeschaut, wie Johanna noch einmal zum Brunnen ging und frisches Wasser holte.

Die Falten um die Augen der Frau waren Risse im rosaroten Make-up, am rechten Nasenflügel saß ein schwarzer Mitesser. Diese Stiefel hatten sicher eine Menge Geld gekostet, aber sie waren lange nicht mehr richtig geputzt worden. Und die Absätze waren schief gelaufen.

Wie ihre verstorbene Mama an ihrem Bruder gehangen sei, noch eine Woche vor ihrem Tod habe sie sein Grab besucht. Oft und oft habe sie sich fest vorgenommen, die Schwägerin zu besuchen, die sie ja auch über alles schätzte, aber immer sei etwas dazwischengekommen, sie wisse ja, wie das sei, die Mama habe immer so viel um die Ohren gehabt, ständig neue Pläne, bis zum Schluss habe sie neue Pläne gemacht, trotz aller Schicksalsschläge, sie sei eben ein ganz besonderer Mensch gewesen, immer nur für andere da, und ihr Bruder sei ihr über alles gegangen ...

Das war nicht auszuhalten. Dieses falsche Gesäusel, dieses Getue, gleichzeitig schmeichelnd und von oben herab. All die Abende fielen Johanna ein, an denen Peter wütend in der Kammer auf und ab gelaufen war, weil ihm wieder eine Schandtat seiner Schwester zugetragen worden war, weil der Groll, den er nie wirklich aussprechen konnte, an ihm nagte.

»Geschämt hat sich mein Mann für sie, wenn du's wissen willst! Nichts hat er mit ihr zu tun haben wollen. Sie hat ihn betrogen, so wie sie alle betrogen hat um das, was ihnen zugestanden wäre.«

»Das ist nicht wahr! Noch am Totenbett hat sie an ihn gedacht! Geliebt hat sie ihn!«

»Ausgesackelt hat sie ihn. Das Hemd vom Rücken hätte sie ihm gestohlen, wenn ich nicht aufgepasst hätte. Schlau war sie, das muss man ihr lassen.«

Die Frau starrte Johanna an, ein Bild gerechter Empörung. »Aber Tante, ich wollte doch nur … sehen wollte ich dich … Wir sind schließlich eine Familie …«

»Wie deine saubere Mutter das letzte Mal von Familie geredet hat«, sagte Johanna, »ist es um einen Kredit auf unser Haus gegangen. Unterschreiben sollten wir für euch. Wenn wir es getan hätten, hätten wir das Haus auch noch verloren. Alles andere hat sie ihrem Bruder sowieso gestohlen von seinem Erbteil.«

»Du lügst!«, schrie die Frau.

Ringsum blieben die Kunden auf ihre Einkaufswagen gestützt stehen und genossen das Drama.

Die Tochter fasste Johanna am Ellbogen. »Komm, Mama, gehen wir heim!«

Johanna schüttelte sie ab. »Wenn du mir nicht glaubst, frag alle, die für sie gearbeitet haben, ob sie ihren Lohn ausbezahlt bekommen haben. Warum meinst du, war sie zwei Jahre im Gefängnis?«

»Du lügst!« Die Frau begann zu schluchzen. »Wer sollte meine Mutter einsperren? Und warum? Sie hat niemandem was getan, ein guter Mensch war sie! Allen hat sie geholfen!«

Die Zuhörerinnen rückten näher.

»Hast du nie gefragt, wieso sie zwei Jahre lang verschwunden war?«

»Sie war nicht verschwunden! In London war sie. Geschäftlich!«

»Und das hast du geglaubt? Alle haben gewusst, wie es wirklich war. Alle!«

Johanna lachte. Plötzlich stieg der Verdacht in ihr auf, dass die Frau tatsächlich als Einzige an die Komödie geglaubt hatte. Im selben Moment fühlte sie gleichzeitig beinahe Mitleid mit ihr und fand sie unfassbar dumm. Verwirrend, so verwirrend, dass sie die Hand ausstreckte und ihren Rücken tätschelte. »Ist es möglich, dass du wirklich keine Ahnung hast? Bist du total vertrottelt?«

Das führte dazu, dass die Frau völlig die Fassung verlor, wüst schimpfend ihrem Einkaufswagen einen Stoß versetzte, der krachte in ein Regal, Einsiedegläser zersplitterten, Dosen kollerten über den Boden, eine klebrige Pfütze breitete sich aus. Eine Angestellte kam mit Mopp und Eimer. In dem Tohuwabohu verstand niemand ein Wort.

»Du hast gar keine Familie!«, kreischte die Frau. »Woher bist du gekommen? Aus der Gosse hat dich mein Bruder geholt. Du warst nur eifersüchtig auf sie, weil sie jemand war, und du warst niemand und bist niemand!«

Der Filialleiter tauchte auf, wandte sich an die Tochter, die beiden redeten leise, dann bot er Johanna den Arm, und zu ihrer eigenen Überraschung ließ sie sich von ihm in den Vorraum führen.

Du warst niemand.

Das wäre ja noch schöner, wenn ledige Kinder schon was wollen dürften.

Du hast keine Familie.

Die Tochter zahlte, murmelte: »Der Mama geht's nicht gut«, die Kassierin schaute wissend und mitleidig drein. Auf dem Weg zum Parkplatz ließ Martha zweimal den Autoschlüssel fallen, der Filialleiter hob ihn auf, half Johanna beim Einsteigen, packte die Lebensmittel in den Kofferraum und verabschiedete sich mit einer Verbeugung. Martha umklammerte das Lenkrad, bis ihre Knöchel weiß hervorstanden. Johanna stierte schweigend vor sich hin, verschwand, sowie sie nach Hause kamen, in ihrem Zimmer, legte sich auf ihr Bett.

Wie eine Gefangene hatten sie sie abgeführt.

Wenn die Tochter jetzt darauf wartete, dass sie einen Anfang machte, dann konnte sie lange warten. Am liebsten hätte sie ihr vor allen Leuten eine heruntergehaut. Gerade dass sie nicht direkt gesagt hatte: Die Mama spinnt.

Du bist niemand.

Verdammt noch einmal, acht Kinder, und dann musste sie sich von dieser Person sagen lassen: Du hast keine Familie? Und die Tochter war wie ein Schaf danebengestanden?

Die Türglocke läutete, gleich darauf hörte sie Schritte im Vorraum, dann die Stimmen von Sohn und Tochter. Sosehr sie sich anstrengte, sie verstand kein Wort.

Sie konnte doch nicht im Bett liegen bleiben, während die beiden über sie redeten. Natürlich redeten sie über sie. Die hatten gefälligst nicht über sie zu reden, über ihre eigene Mutter. Das wäre ja noch schöner. Das gehörte sich nicht. Sie stand viel zu schnell auf, versuchte den Schwindel wegzuatmen, musste sich an der Wand abstützen.

Als sie die Küche betrat, blickten beide so besorgt zu ihr auf, dass es schon fast wieder komisch war. Der Sohn bugsierte sie zu einem Sessel, sie ließ es geschehen, obwohl sie sich über sich selbst ärgerte. Die Tochter stellte einen Becher vor sie auf den Tisch. Der Wasserhahn tropfte.

Nach und nach erfuhr Johanna, dass die Frau gleich nach der Begegnung im Supermarkt den Sohn angerufen und ihm des Langen und Breiten erklärt hatte, wie sehr ihre verstorbene Mutter seine Eltern geliebt und geschätzt habe, und so weiter und so weiter. Sie habe sich gekränkt über die Abfuhr, die sie von ihrer Tante erfahren habe.

Gekränkt hatte sie sich, wie schrecklich, hatte sie sich also gekränkt. Wenn sie wirklich nicht gewusst hatte, was für eine ihre Mutter gewesen war, dann war es höchste Zeit, dass sie es jetzt erfuhr. Alt genug war sie.

Da fragte der Sohn Johanna doch tatsächlich: »Verstehst du denn nicht, dass es ihr wehgetan haben muss, was du über ihre Mutter gesagt hast? Dass sich der eigene Bruder für sie geschämt hat? Dass sie ihn betrogen und belogen hat, und nicht nur ihn?«

Mit einer Geschwindigkeit, die sie sich nie zugetraut hätte, sprang Johanna auf, gab ihrem Ältesten zwei Ohrfeigen, eine links, eine rechts. Ihrem Sohn, auf den sie so stolz war.

Er stand völlig verdutzt da, die Arme hingen ihm von den Schultern, als gehörten sie ihm nicht. Er starrte sie an, hinter ihm bedeckte Martha ihr Gesicht mit beiden Händen.

Die Fabrikssirene heulte Schichtwechsel, Kirchenglocken läuteten, ein Lastauto fuhr vorbei. Nach sehr langer Zeit gelang es Johanna, durch die Watte oder den Brei oder was immer es war, das ihr Mund und Kehle verstopfte, zu flüstern: »Was wisst ihr vom Schämen? Und vom Nicht-mehr-Schämen?«

Ihre Kinder wechselten Blicke, die sie streiften und gleichzeitig sorgsam an ihr vorbeiglitten. Lange hatte sie sich geschämt. Viel zu lange. Hatte geglaubt, alle würden ihr ansehen, was für eine sie war, die Tochter einer solchen Mutter, eine, die ständig beweisen musste, dass sie trotz ihrer Herkunft ihren Platz behaupten durfte.

Das wäre ja noch schöner, wenn ledige Kinder schon was wollen dürften! Dieser verdammte Satz.

»Wenn sich einer schämen müsste, hätte er sich schämen müssen«, sagte sie laut.

So hilflos verwirrt hatte sie den Sohn nie gesehen. »Wovon redest du?«

Sie schüttelte den Kopf. Er würde es sowieso nicht verstehen. Eigentlich müsste sie stolz sein, dass er es nie verstehen würde. Das zeigte doch, dass sie es gut gemacht hatten, sie und Peter, dass sie den Kindern das gegeben hatten, was sie selbst nie gehabt hatte.

»Es war höchste Zeit, dass ihr jemand die Wahrheit sagt«, erklärte sie. »Für mich müsst ihr euch nicht schämen, merkt euch das.«

»Aber Mama, wie kommst du auf so eine Idee? Das wäre das Letzte …«

»Mama …«

Dieses Zittern steckte so tief in ihr, tiefer als der Zorn, der sie manchmal überfiel, tiefer sogar als die Angst. Ihre Knie ratterten, schlugen aneinander. Sie hoffte, dass die Kinder nichts davon bemerkten.

»Untersteht euch!«

Es ärgerte sie, dass die zwei Wörter eher kläglich als drohend klangen. Früher hatte sie damit Eindruck bei ihren Kindern machen können, fiel ihr ein. Das war lange her.

Wie peinlich den beiden die Szene im Supermarkt gewesen war. Plötzlich sah sie alles wieder vor sich wie in einem Film, nur tauchte nun auch die Schwägerin auf in ihrer ganzen Körperfülle und fuchtelte mit den Armen, aber gleich darauf erschien ein Richter im schwarzen Talar und die Schwägerin schrumpelte ein wie ein Luftballon. Johanna versuchte das Kichern zu unterdrücken, das in ihr hochstieg, es half nicht, der Reiz wurde immer stärker, entwickelte sich zu einem gurgelnden, schüttelnden Lachkrampf.

»Ist ja gut, Mama.« Die Tochter klopfte ihr auf den Rücken, immer noch mit diesem besorgten Ausdruck im Gesicht, der Johanna aus einem ihr unverständlichen Grund provozierte. Zu ihrer größten Überraschung wandte sich Thomas an seine Schwester: »Vielleicht ist es manchmal das einzig Richtige, aus der Rolle zu fallen!«

Martha schaute ihn mit offenem Mund an, dann wiederholte sie den Satz. »Vielleicht ist es manchmal das einzig Richtige, aus der Rolle zu fallen? Ich glaub, ich hör nicht richtig. Das sagst ausgerechnet du!«

»Vielleicht weil ich es lernen müsste?« Er wirkte plötzlich verlegen, gar nicht mehr der erfolgreiche Musiker, der Mann, dem der Herr Landeshauptmann die Hand geschüttelt, dem der Herr Bundespräsident den Titel Professor verliehen hatte, war fast wieder wie ihr Bub, wenn der etwas angestellt hatte und hoffte, sie könnte einen Weg finden, den Schaden wiedergutzumachen. Sie spürte einen Druck in der Brust, nein, das war kein Druck, das war Enge und Weite zugleich, eine neue Art von Nähe. Verwirrend. Wenn sie sich getraut hätte, hätte sie ihren Sohn an sich gedrückt.

»Ich muss gehen«, sagte er.

Die Tochter begleitete ihn hinaus. Als sie zurückkam, fing sie sofort an, sich um das Abendessen zu kümmern. Ihre Bewegungen waren fahriger als sonst.

Johanna schwieg. Sie wusste, dass die Tochter auf ein Wort wartete, aber sie schwieg. Sie konnte genauso gut schweigen wie ihre Tochter.

Sie war jemand und du warst niemand.

Eine Frechheit war das, eine bodenlose Frechheit, und eine Gemeinheit. Wer war diese Person, so etwas zu behaupten?

Herabgeschaut hatten sie und ihre feine Mutter auf sie und ihre Kinder, und wo waren sie heute? Ganz gewiss wollte sie wieder kommen mit irgendeinem windigen Plan, aber nicht mit ihr. O nein, mit ihr nicht. Von so einer ließ sie sich nicht mehr beleidigen, sie nicht. Warum traf es sie trotzdem? Warum wühlte es alte Wunden auf?

Jakob kam von der Arbeit, ausgehungert und müde. Er blickte verwundert von seiner Mutter zu seiner Großmutter und zurück, als die Teller mit dumpfem Knall auf dem Küchentisch landeten, und als keine von beiden ein Wort sagte, schaltete er den Fernsehapparat ein. An jedem anderen Tag hätte die Tochter geschimpft, beim Essen könnten sie wenigstens miteinander reden. Nach ein paar Bissen legte er die Gabel weg. »Wer ist gestorben?«

Einen Augenblick lang war Johanna versucht ihn anzuschreien, an den Schultern zu packen, zu schütteln oder aufzustehen und wegzugehen, einfach weg, ohne zu wissen wohin. Dann aber geschah etwas Verwirrendes. Der Knoten in ihr löste sich.

»Sie war jemand und du warst niemand, danebengestanden ist sie und hat nur gesagt, wir müssen heimgehen, wie eine Verrückte abgeführt haben sie mich, geschämt hat sie sich ...« Sie wiederholte immer wieder: »Geschämt hat sie sich.«

Die Tochter hob beide Hände, sagte immer wieder: »Nein, bitte glaub mir doch. So war es nicht. Nie im Leben würde ich mich für dich schämen.«

»Warum hast du mich dann abgeschleppt?«

Martha verkroch sich zwischen ihre Schulterblätter. »Weil ... so viele Leute herumstanden, weil alle so blöd geschaut haben, weil es so peinlich war, weil ich es dir ersparen wollte ...«

»Mir?«

Die Tochter schüttelte den Kopf, verbarg ihr Gesicht. Fast unhörbar flüsterte sie: »Dir war es doch immer so wichtig, dass wir nicht auffallen, dass man uns nichts nachsagen kann. Oder? Du hast doch immer gesagt, die warten nur darauf, dass bei uns etwas schiefgeht, die Freude machen wir ihnen nicht, hast du gesagt. Sie haben ja alle immer gewusst, dass die rote Bagage ihre Kinder nicht anständig erziehen kann.«

Jakob hatte inzwischen seinen Teller leer gegessen. »Es hilft auch nicht, wenn mein Essen kalt wird«, erklärte er mit einem entschuldigenden Achselzucken. »Ich kenn mich überhaupt nicht aus, was passiert ist. Am besten noch einmal von Anfang an, wenn's geht. Wer, wo und warum?«

»Du schaust zu viele Krimis«, sagte Johanna. Sie wunderte sich, dass es ihr jetzt nicht schwerfiel, der Reihe nach zu erzählen. Jakob stellte einige Fragen, hörte aufmerksam zu.

»Ich verstehe überhaupt nicht«, sagte er schließlich, »wie du eine so abgrundblöde Person ernst nehmen kannst, Oma. Eine wie die kann dich doch gar nicht beleidigen.«

»Sagst du!«

Er stand auf, stellte sich vor Johanna hin und sagte sehr ernst. »Ja, das sag ich! Und glaube mir, ich versteh, wovon ich rede.«

Martha lächelte zum ersten Mal an diesem Abend. »Wo er recht hat, hat er recht. Der Bub ist gar nicht so dumm.«

»Hat auch keiner gesagt«, brummte Johanna.

Die Tochter nickte ihr zu. »Übrigens, Mama, es tut mir leid. Es tut mir wirklich leid.«

Johanna hob die linke Hand, warf sie über die Schulter, hob das Kinn, schnalzte mit der Zunge.

Martha stand auf und holte die Flasche mit dem selbst angesetzten Eierlikör.

Jakob grinste.

In manchen Nächten waren ihre Füße weit weg. Dann war es wichtig, mit den Zehen zu wackeln, möglichst mit den Großzehen getrennt von den anderen, damit sie sicher wusste, dass die da unten tatsächlich ihre Füße waren und ihren Befehlen gehorchten. Sie fühlten sich auch anders an als sonst, nicht direkt taub, das nicht, aber seltsam fremd. Zweimal spürte sie einen Stich im rechten Fuß, einen sengenden Schmerz, der ihr durch das Knochenmark bis hinauf in die Kopfhaut zischte und die Luft nahm. Es dauerte lange, bis sie wieder richtig atmen konnte.

Sie schlug mit der geballten Faust auf ihren rechten Oberschenkel, dann auf den linken. So viele Jahre lang hatte dieser Körper ihr gehört, sie hatte keinen Gedanken an ihn verschwendet, war auch so gut wie nie krank gewesen. In allen Schwangerschaften hatte sie gearbeitet bis zum Tag der Geburt, von Schonung war keine Rede gewesen. Als die Fruchtblase geplatzt war bei der zweiten Tochter, hatte sie noch den Boden aufgewaschen, bevor sie um die Hebamme schickte. Wehleidig war sie nie gewesen.

Seit einiger Zeit kam es vor, dass sie in sich hineinhorchte, und das war ihr unheimlich. Immer öfter überfiel sie eine dumpfe Ahnung, dass sie sich nicht mehr auf sich selbst verlassen konnte. Wenn sie nicht alles verstand, was die Leute sagten, fand sie es nicht weiter schlimm, die meisten wiederholten sich ohnehin ständig und vieles war sowieso nicht wichtig. Aber wenn sie merkte, wie unsicher sie ging, dass sie sogar dem Boden unter ihren Füßen nicht vertraute, dann wurde der leichte Schwindel zur Bedrohung. Es kam vor, dass sie ihre Hände betrachtete und sich wunderte über die Falten, die hervortretenden Sehnen, die blauen Adern, die braunen Flecken, die verdickten Knöchel. Die Haut an den Fingerkuppen war immer noch rau, obwohl sie doch schon lange keine schwere Arbeit mehr getan hatte.

Schöne, starke Hände hatte Peter gehabt. Sie hatte ihm gern die Nägel geschnitten. Er hatte sich über sie lustig gemacht, weil sie es so genau nahm und mit der Feile jede Unebenheit korrigierte. Manchmal schimpfte er über den unsauberen Ton seiner Kollegen in der Musikkapelle, dann sagte sie: »Und das wundert dich, wenn sie doch auch dreckige Fingernägel haben?«

Gut hatte Peter ausgesehen, bis zuletzt. Zwar nicht mehr so dicht wie früher, waren seine Haare noch immer lockig, Salz-und-Pfeffer-farben und vom ältesten Sohn geschnitten wie vom besten Friseur. Vor allem hatte er diesen besonderen Gang, als wäre er voll Vorfreude unterwegs zu einem Ziel, nicht eilig, sondern jeden Schritt genießend. Sie kannte niemanden, der so ging. Jakob trottete vor sich hin, sie konnte sich gut vorstellen, wie ihn sein Ausbildner beim Bundesheer angeschnauzt hatte: »Steh gerade!«

An die normalen Fahrgeräusche auf der Hauptstraße hatte sie sich gewöhnt, doch sobald eine Sirene ertönte, riss es sie hoch und sie ging zum Fenster. Obwohl der Signalton in der Ferne verklungen war, spähte sie hinaus in den Regen, der wie an Schnüren merkwürdig schräg gegen das Fenster klatschte.

Ihr Blick fiel nach unten auf das Blumenbeet. Die armen Cosmeen, ihre zarten Blütenstände waren nach unten gedrückt, die rosaroten und weißen Blütenblätter zerknautscht, jämmerlich sahen sie aus. So hübsch waren sie gewesen, hatten unermüdlich wochenlang immer neue Blüten getrieben. Jeden Tag hatte die Tochter die verwelkten abgezwickt, was die Pflanze ermutigte, neue Blüten hervorzubringen. Die letzten hatte sie immer stehen gelassen, damit sie Samen bilden konnten für das nächste Jahr. Überall im Garten tauchten neue Pflänzchen auf, in den Ritzen zwischen den Waschbetonplatten, im Gemüsebeet, auf dem Komposthaufen, zwischen den Steinen. Hatte der Platzregen alle vernichtet, noch bevor die Samen reif waren? Würde es nächsten Sommer hier im Garten keine Cosmeen geben?

Nächsten Sommer. Nächsten Herbst. Nächsten Winter. Nächstes Jahr.

Wie leichthin das die Leute sagten. Nächstes Jahr werden wir Stangenbohnen legen. Nächstes Jahr werden wir auf Urlaub fahren. Nächstes Jahr macht der Bub die Gesellenprüfung.

Als wäre es so sicher, dass es ein nächstes Jahr geben würde.

Natürlich würde es ein nächstes Jahr geben. Ob mit ihr oder ohne sie.

An manchen Tagen fühlte sie sich nicht alt, nur ihre Gelenke, die waren eindeutig abgenutzt, oft meinte sie ein Krachen und Grammeln in den Scharnieren zu hören wie bei einem schlecht gewarteten Motor. Es gab aber auch Tage, an denen sie sich steinalt und müde fühlte, an denen es eine ungeheure Anstrengung bedeutete, auch nur die Augen aufzumachen gegen den Widerstand der viel zu schweren Lider und der Tränen, die zu Sand vertrocknet waren. Obwohl sie gewiss nicht geheult hatte.

Langsam wurde ihr kalt. Sie kroch zurück ins Bett, faltete die Hände vor dem Bauch.

Früher hatte sie gedacht, es müsste schön sein, im Himmel auf weichen weißen Wolken zu liegen und hinunterzublicken auf die Welt.

Grausam zeitlang musste es doch den Verstorbenen in so einem Himmel werden. Oder vielleicht doch nicht? Vielleicht gab es im Himmel gar keine Zeit, die ihnen lang werden konnte? Vielleicht war das das Geheimnis der Ewigkeit, dass es keine Zeit gab? Verrückter Gedanke. Dieses Grübeln passte nicht zu ihr. Sie war doch immer eine vernünftige Person gewesen, war mit beiden Beinen auf der Erde gestanden, und das war auch notwendig gewesen.

Auf einem seiner Wanderurlaube hatte Bernhard einen Totentanz in einer Kapelle fotografiert, er hatte das Bild vergrößern lassen und ihr voller Stolz gezeigt, es war nicht einfach aufzunehmen gewesen, warum, wusste sie nicht mehr. Sie wusste auch nicht, warum sie sich plötzlich so genau daran erinnerte, dass sie meinte, es an der Wand ihres Schlafzimmers zu sehen. Da tänzelte eine Schar höchst vergnügter Skelette hinter einem Tod mit Schlapphut und Sense einher: Kaiser und König mit ihren Kronen, Papst und Bischof mit Stab und Mütze, ein Richter im Talar, ein Kaufmann mit Geldsack, ein Bauer in seinem Kittel, ein Narr mit Schellenkappe, ein Bettler mit seiner Schale. Wie sie alle die Beine schwangen, fast hörte man die Knochen klappern. Hinter ihnen rannte ein räudiger Hund, dem die Zunge aus dem Maul hing. Der Tod spielte Flöte. Er sah nicht zum Fürchten aus.

Johanna schüttelte den Kopf. Nur Männer. Als ob die Frauen nicht gestorben wären.

Plötzlich war sie nicht mehr sicher, ob nicht doch auch Frauen auf dem Bild gewesen waren. Ihre Augen brannten, sie tunkte den Zipfel ihres Taschentuchs in das Glas auf dem Nachttisch, rieb den Sand weg. Das kühle Wasser tat gut. Wenn sie Jakob bat, ihr Wasser von der Quelle in Maria Schutz zu bringen, würde er sie auslachen? Möglich wäre es, nicht direkt ins Gesicht, aber hinter ihrem Rücken vielleicht. Nein, sie würde Linda bitten. Linda würde verstehen.

Wer hatte behauptet, dass in den letzten Minuten das ganze Leben noch einmal vor einem ablief? Wenn eine so lange gelebt hatte wie sie, dann war das doch kaum möglich. Irgendwann hatte sie gehört, Menschen, die gestorben und dann von den Ärzten zurückgeholt worden waren, hätten sich selbst wie von außen gesehen, sie seien auf ein gleißend helles Licht zugegangen, alles sei gut gewesen, bis sie plötzlich in diesen Körper, der unter ihnen lag, zurückkehren mussten, und das sei mühevoll und eine rechte Plage gewesen.

So oder so, dachte sie, ändern konnte sie es ohnehin nicht, und außerdem hatte sie plötzlich Hunger. Am liebsten wäre sie aufgestanden und hätte sich ein Butterbrot gerichtet, aber dann würde Martha aufwachen, sie hatte einen so leichten Schlaf. Zum Frühstück könnten sie die Rosinenbrötchen aufwärmen, kalt hießen sie nichts, aber warm schmeckten sie gut.

Sie musste doch eingeschlafen sein, denn in der Küche lief Wasser, sie hörte Marthas Schritte im Vorhaus, gleich würde sie hereinkommen mit ihrem besorgten Blick und fragen, ob sie gut geschlafen hatte. In der Nacht hatte Johanna den Vorhang nicht richtig zugezogen, ein Sonnenstrahl teilte ihr Bett in zwei ungleiche Hälften. Sie stand auf, ging zum Fenster.

Die Cosmeen standen in voller Pracht, als wäre nichts geschehen. Jedes Blütenköpfchen hatte sich wieder aufgerichtet, jedes Blütenblatt rund um das Körbchen in der Mitte säuberlich entfaltet, jedes nadelfeine Blättchen glänzte.

Zum zweiten Mal hielt Johanna der Tochter den Kaffeebecher hin.

»Denk an deinen Blutdruck«, mahnte Martha.

»Wozu? Der macht sowieso, was er will. In dem Film unlängst, da sind doch ständig irgendwelche Botschaften hin- und hergegangen, Leber an Lunge, Hirn an Herz, Hirn an Magen, was weiß ich, stell dir vor, wir müssten das alles überwachen. Kein Mensch könnte das schaffen. Ein Glück, dass wir uns nicht einmischen müssen.«

Die Tochter lachte. »Wo du dich doch so gern einmischst.«

Johanna drohte ihr mit dem Finger. »Nur wo es wirklich notwendig ist.«

Etwas später meinte sie, heute sei ein guter Tag für einen Friedhofsbesuch. Morgen könnte es schon wieder regnen.

Die Sommerblumen waren ins Kraut geschossen und halb vertrocknet, in ein paar Tagen würden die Gräber für Allerheiligen neu geschmückt, jetzt sahen sie trostlos aus. Nur am Grab des jungen Mannes, der vor zwei oder drei Jahren bei einem Rettungseinsatz verunglückt war, brannte eine Kerze. Sophie hatte erzählt, dass seine Freundin jeden Tag vor der Arbeit auf den Friedhof ging. Sie hatte ihm auch den Rosenstock aufs Grab gesetzt, der noch immer voll roter Blüten war. Am letzten Tag, sagte die Enkelin, hätten die beiden gestritten, weil er doch versprochen hatte, dass er an diesem Abend mit ihr ausgehen würde und nicht in den Dienst. Es sei unmöglich, sagte die Enkelin, die Freundin zu überzeugen, dass der Streit nichts mit seinem Tod zu tun hatte.

Du bist schuld, und du bist schuld, und du am allerschuldigsten. Warum fiel ihr das ein? Woher hatte sie den Spruch? Er war auch nicht korrekt, da war sie ganz sicher. Aber darum ging es doch immer: schuld sein. Selber schuld. Armes Mädel, dachte sie. Warum kann ihr keiner sagen: Deine Sünden sind dir vergeben? Auch wenn es keine Sünden waren. Was ist der Unterschied zwischen Schuld und Sünde?

Johanna stolperte, wusste nicht, worüber sie gestolpert war. Die Tochter packte ihren Arm. »Willst du zurückgehen?«

»Nein!«

Wie nervös die Tochter war, drehte den Kopf hierhin und dorthin, zuckte bei jedem Geräusch zusammen. Fürchtete sie, die Cousine könnte hinter jedem Grabstein auftauchen, es würde wieder eine Szene geben wie gestern und eine Menschenmenge, die das Theater genoss?

Am Familiengrab holte die Tochter Kerze und Feuerzeug aus den Tiefen ihrer Tasche, stellte sie auf der Grabplatte ab und begann mit fahrigen Bewegungen die Scheiben der Laterne zu putzen. Zwei Kastanienbäume unten in der Allee trugen nicht ein einziges Blatt, viel zu früh war das Laub braun geworden, hatte sich zusammengedreht und war plötzlich abgefallen. Angeblich waren irgendwelche Raupen schuld. Ohne die Bäume wäre die Kirche ein trauriger Anblick, da würde etwas fehlen.

Das Eisentor knarzte jämmerlich, anscheinend hatten sie noch immer nicht die längst nötigen Beilagscheiben eingesetzt, das Tor schleifte über den Stein am Eingang. Ein Paar betrat den Friedhof. Mühsam setzte die Frau jeden Schritt, auch aus dieser Entfernung sah man, wie sie sich plagte, die Füße zu heben. Der Mann versuchte sie zu stützen, eine große Tasche schlug ihm immer wieder an die Beine. Großer Gott! Ihren eigenen Sohn und seine Frau hatte sie nicht erkannt. Sie konnte es noch immer nicht fassen, wie sehr diese grausame Muskelkrankheit für Magda jeden Schritt zur Schwerarbeit machte, Bernhard war dabei anscheinend auch aus dem Takt gekommen. Von Weitem erkannte man einen Menschen doch vor allem an seinem Gang.

In jedem Urlaub waren die beiden mit ihren Freunden in die Berge gegangen, tagelang von Hütte zu Hütte gewandert, Bernhard war zu einem guten Fotografen geworden und hatte ihr stolz seine Bilder gezeigt.

Wie trittsicher die Schwiegertochter auf dem rutschigen Steilhang hinter der alten Mühle herumgeklettert war, wo ganze Nester von Eierschwammerln und prachtvolle Herrenpilze wuchsen. Es war ein besonderer Ort. Halb verfallen war die Mühle gewesen, als Bernhard und Magda sie von dem Bauern pachteten. Sie hatten selbst Schindeln geschnitzt, um die Löcher im Dach zu flicken, hatten Dielenbretter erneuert, eine Quelle eingefasst. Auf einem Spaziergang waren sie gerade vorbeigekommen, als ein Nachbar einen Küchenkasten zerhacken wollte. »Ihr könnt's es gern haben, das Mistviech ist sowieso steinhart und lässt sich nicht zerlegen.« Auf dem Schubkarren fuhren sie den Kasten in die Mühle, Wochen um Wochen arbeiteten sie daran. Als sie fertig waren, häkelte die Schwiegertochter Bordüren für die Regale. Heimelig und gemütlich war die Stube geworden, ein Platz, an dem es sich gut sitzen und reden ließ. Johanna mochte sich gar nicht vorstellen, was es für den Sohn bedeutet hatte, die Mühle aufzugeben, in die er so viel Arbeit, so viel Mühe, so viel Liebe gesteckt hatte. So deutlich hatte sie nie gesehen, dass er nicht mehr jung war. Sein Gang war der eines müden Mannes.

Er schien fast erschrocken, als er Johanna und seine Schwester am Grab stehen sah. Mit einer Hand hielt er die Tasche zu, als könnte jederzeit etwas herausspringen.

Gerade als Johanna danach fragen wollte, holte Magda eine Bürste aus der Tasche und bat Bernhard, den Eimer zu füllen, sie seien schließlich gekommen, um den Grabstein zu putzen, und ewig könne sie nicht da stehen. Erschreckend mager war sie geworden.

Johanna stellte fest, dass Martha und Bernhard diese Arbeit gut und gern, allein erledigen könnten, sie nahm den Arm ihrer Schwiegertochter und ging langsam mit ihr hinunter zum Tor. Zwischen den Gräbern, denen man ansah, dass jemand sie pflegte, gab es einige, auf denen Unkraut wucherte. Für diese verlassenen Gräber hatte Johanna ein paar Kerzen eingesteckt, es störte sie nicht, dass Magda ihr beim Anzünden zuschaute. An einer rostigen Laterne hing das Fenster schief und dreckig in den Angeln. Es ließ sich nur mit Mühe schließen, der kleine Haken war verbogen. Es begann zu nieseln und sie waren froh, als sie die Kirche erreichten.

Drinnen war es dunkel, nur vor der Marienstatue brannten Dutzende Kerzen. Magda zündete vier weitere an und faltete die Hände. Johanna betrachtete ihr Gesicht verstohlen von der Seite. So glatte Wangen hatte sie gehabt, über alles und nichts hatte sie lachen können. Jetzt liefen zwei tiefe Falten von den Nasenflügeln zu den Mundwinkeln. Magda zitterte vor Kälte, bemühte sich vergeblich, das Zittern zu unterdrücken. Johanna hätte gern den Arm um sie gelegt, aber diese Art von Vertrautheit war zwischen ihnen nicht möglich. Sie setzten sich in die Bank vor dem Seitenaltar. »Erinnerst du dich«, fragte Johanna, »an den Silvesterabend mit deinen Eltern und ihrem Besuch aus Deutschland, das war doch deine Taufpatin, stimmt's? Wir sind zu den Nachbarn hinübergegangen, dein Vater hat eine Zipfelmütze aufgesetzt, deine Mutter einen Strohhut mit einer Rose, Bernhard einen Tschakko, ich weiß gar nicht, wo er den herhatte. Mir ist der Schlapphut immer über die Nase heruntergerutscht, deine Patin hat sich einen Turban gedreht aus einem Badetuch und vorne als Schmuck drei Gabeln angesteckt. Nur du hast keinen Hut aufsetzen wollen, ich glaube, du warst am Nachmittag beim Friseur gewesen. Wir wollten aufs Neue Jahr anstoßen mit der Nachbarin, du weißt schon, mit der, die

das Buch über mich geschrieben hat, und ihrem Mann? Bei
ihnen war auch gerade Besuch, eine kleine zarte Perserin und
ihr Mann? Zuerst haben sie sich geziert, aber dann sind alle
mit zu uns hinübergekommen.«

»Über so etwas redet man doch nicht in der Kirche!«

»Warum nicht?«

Nach und nach entstand der Abend wieder vor ihnen,
wie sie alles zusammenpackten, was in beiden Häusern an
Essbarem vorhanden war, wie aus dem kurzen Besuch ein Fest
wurde, wie vergnügt sie waren, wie sie lachten, wie köstlich
das zusammengewürfelte Mahl schmeckte, wie schnell die
Zeit bis Mitternacht verging, wie sie schließlich hinaus in
den Hof zogen und auf dem angeschnittenen Deckel der Senkgrube den Donauwalzer tanzten, wie sie auf das neue Jahr
anstießen, während unten im Tal die Raketen hochstiegen.

»Die Nachbarin sagt heute noch, es war ihr schönstes
Silvesterfest.«

Magda hatte eben noch gelacht, jetzt fiel wieder ein
Schatten über ihr Gesicht. »Der Papa ist ja ein halbes Jahr
darauf gestorben, aber er hat noch oft davon geredet, wie
sehr er es genossen hat. Ich hab gar nicht gewusst, dass er so
gut tanzen kann.«

Es gab sicher eine Menge Dinge, die Kinder nicht von
ihren Eltern wussten, dachte Johanna.

Kurz darauf redete die Schwiegertochter – vielleicht zum
ersten Mal – von ihrer Angst, wie es weitergehen würde
mit der Krankheit, die eine allzu große Last für Bernhard
sein würde. Johanna schüttelte den Kopf. Sie hätte es nicht
erklären können, sie wusste viel zu wenig von diesem Sohn,
wusste eigentlich überhaupt wenig von ihren erwachsenen
Kindern, aber das eine wusste sie mit einer Sicherheit, wie
sie kaum je etwas gewusst hatte: Er würde ihre Krankheit

nie als Last empfinden, sondern als eine Aufgabe, als seine
Aufgabe. Weil sie ihn brauchte, würde er jeden Tag wissen,
warum er am Morgen aufstand, warum er ins Badezimmer
ging, warum er sich anzog, warum er einkaufte, warum er die
Nachrichten hörte.

»Weißt du«, sagte Johanna, »er braucht, dass du ihn
brauchst, er braucht das … Wie einen Bissen Brot braucht er
das. Verstehst du?«

Magda verkroch sich zwischen ihre Schulterblätter und
schaute drein, als warte sie auf eine Urteilsverkündung.

»Er war doch immer nur der kleine Bruder«, versuchte
Johanna zu erklären.

Gerade in dem Augenblick ging das Kirchentor auf,
ein Windstoß ließ die Kerzenflammen vor dem Marien-
altar flackern. Martha sagte, Bernhard sei sein Auto holen
gegangen, er werde direkt vor die Kirchentür fahren, aus dem
Nieseln sei ein richtiger Wolkenbruch geworden.

»Deinen Blutdruck haben wir heute noch nicht gemessen.«
Die Tochter stellte das Gerät auf den Tisch. Johanna war
damit beschäftigt, die Knöpfe im Nähzeug zu sortieren.
»Weißt du nicht, dass der Blutdruck vom vielen Messen
steigt?«

»Unsinn!«

»Wenn ich dir's doch sag! Vom Doktorgehen werden die
Leut' krank, das ist einmal erwiesen. Mein Lebtag war ich
gesund, jetzt muss ich jeden Tag neun verschiedene Pulver
nehmen, das hält kein Mensch aus. Reicht man einem den
kleinen Finger, will er den ganzen Arm, jeder Doktor schickt
dich gleich weiter zu einer neuen Untersuchung. Als ob du
nichts Besseres zu tun hättest, als von einem zum anderen zu
rennen.«

»Aber Mama, wir wollen doch nur, dass es dir gut geht!«

»Mir geht's gut.«

Den Geruch von Arztpraxen mochte sie nicht, den von Krankenhäusern noch weniger.

Martha rebelte Rosmarinzweige ab, der Duft stieg Johanna in die Nase. Sie schloss die Augen.

Die Tür zur Hütte ist so niedrig, dass sogar sie sich bücken muss beim Eintreten, und sie ist wahrhaftig nicht die Größte. Sie hat Theres im Verdacht, dass es kein Zufall ist. Wer zu ihr kommt, soll sich nicht für groß und wichtig halten. Zwei kleine Fenster hat die Küche, vor beiden stehen Blumentöpfe, viel Licht kommt nicht herein in den Raum. Von der Decke baumelt ein dicht geflochtenes Gestänge aus Weidenruten, auf dem Kräuter trocknen, fein aufgeschnittene Pilze sind auf einem Rost ausgebreitet, an allen Pfosten hängen Büschel und Sträuße, Dampf steigt aus den verschiedensten Töpfen, Tropfen zischen über die Herdplatte. Es riecht nach Harz, nach Pech, nach Wachs, nach Honig, nach Salbei, nach Arnika, nach Minze, nach Kamille, nach Rosmarin, nach Baldrian, nach Ingwer, nach Gewürzen, die Johanna nicht erkennt, irgendetwas sticht in der Nase, irgendetwas brennt auf der Zunge, obwohl sie doch gar nichts in den Mund genommen hat. Irgendetwas macht, dass sie die Luft anhält, bis sie fast platzt, und dann in einem langen Seufzer ausstößt. Wo ist Theres? Plötzlich taucht sie auf mit einem Armvoll Holz, öffnet die eiserne Herdtür, legt ein paar Scheiter in die Glut, stellt einen Topf Wasser auf, lädt zum Sitzen ein, scheucht ihre unglaublich dicke weiße Katze mit zwei braunen Ohren und einem dichten braunen Schwanz von der Bank. Die zieht sich fauchend auf den Schrank voll mit Flaschen aller Größen, mit Tiegeln und Dosen zurück. Theres lacht. »Manche Leute finden, ich müsst' eine schwarze Katze haben, denen sag ich immer, mein Murli war sowieso schwarz, ich hab ihn nur zu oft gebadet.« Johanna weiß nicht, wie alt Theres ist, schon bei ihrem ersten Besuch war ihre Haut zerknittert, ihr Zopf ein grauer Strick. Ihre Augen sind so dunkel, dass man die Pupillen fast nicht sieht.

Johanna fasste ihren Unterschenkel, drückte dagegen. Dieser verdammte Krampf hatte sie aus der Hütte vertrieben, zurückgeholt ins Haus ihrer Tochter, wo sie gerade jetzt wirklich nicht sein wollte. Manchmal hatte ein fester Gegendruck geholfen, heute blieb er wirkungslos.

»Hast du Schmerzen, Mama?«

»Wie kommst du darauf?«

Martha antwortete nicht. Johanna rutschte auf ihrem Sessel nach vorne, versuchte das Gewicht auf das schmerzende Bein zu verlagern, sehr vorsichtig, dann belastete sie auch das zweite Bein, hielt sich mit beiden Händen an und stand auf. Bitte sehr, dachte sie, bitte sehr. Ich stehe! Wer sagt's denn. Ich stehe. Und die Hände brauche ich nicht.

Johanna bemühte sich gegen die Ungeduld anzukämpfen, die die besorgten Blicke der Tochter in ihr auslösten. Es gelang ihr nicht. Sie versuchte ihre Füße zu zwingen, fest und sicher aufzutreten, auch das gelang ihr nicht. Wie sie diese tapsenden Schritte hasste. Endlich erreichte sie ihr Schlafzimmer. Die Schublade des Nachttischs ließ sich nicht öffnen, irgendetwas klemmte, wütend zerrte sie mit aller Kraft. Die Lade polterte auf den Boden, das Wasserglas kam ins Rutschen, fiel und zerbrach.

Sofort stand die Tochter in der Tür.

»Mama!«

Johanna ließ sich zu einem Sessel führen und sah zu, wie Martha die Scherben aufsammelte, die Lade mit einem Tuch auswischte und den Rest wieder einräumte.

»Tut mir leid.«

Die Tochter nickte.

»Übrigens, morgen hat doch die Frieda Geburtstag, die Linda hat eine Torte für sie gebacken, die Bärbel kommt auch, die Ulli weiß noch nicht, ob sie kann.«

»Ja«, sagte Johanna. Seit einiger Zeit hatte sie Schwierigkeiten mit den Namen der Töchter, die Söhne waren leichter auseinanderzuhalten. Aber es waren ja auch nur mehr zwei, und die waren so verschieden, in jeder Hinsicht.

Den dritten hatte sie vor zehn Jahren begraben. Wenn seine Witwe zu Besuch kam, wartete Johanna immer noch darauf, dass er hinter ihr ins Zimmer treten würde. Dreizehn Monate lang hatte sie Zeit gehabt, sich an den Gedanken zu gewöhnen, dass es keine Hoffnung gab. 395 schreckliche Tage und Nächte lang. Und doch nicht lang genug.

»Soll ich dir ein Pulver holen, Mama?«

»Einen Gugelhupf werd ich backen«, sagte Johanna. »Einen richtigen Germgugelhupf.«

»Du weißt eh, dass der Leonhard kommt? Bei deinem Germgugelhupf ist er nicht zu bremsen. Da backst du besser gleich zwei.«

Johanna freute sich auf Leonhards Besuch. Vielleicht würde er von sich aus vorschlagen, zu Theres zu fahren. Das Gute an Theres war, sie fragte nicht lange, wo es wehtat. Die Ärzte wollten immer genau die Stelle wissen, obwohl es doch oft ganz und gar unmöglich war, das so genau zu sagen. Manchmal traf einen zwar der Schmerz wie ein Schlag oder ein Stich, aber dann breitete er sich doch aus, wanderte hierhin und dorthin und ließ sich nicht an einem Punkt festmachen, zeigte man darauf, wurde er gleich noch stärker, rutschte ein Stück höher, ein Stück tiefer, weiter nach links, weiter nach rechts, überallhin eigentlich. Theres aber schaute dich nur an, ihre knochigen Hände wanderten behutsam über deine Haut, das kribbelte ein bisschen, sie drückte hier eine Delle, zog dort eine Linie, dann sagte sie »Aha«, nicht mehr.

»Ohne dich wären die Buben vor die Hunde gegangen«, sagte die Tochter. »Die waren ja total verwahrlost nach dem Tod der Mutter. War die eigentlich deine Freundin?«

»Könnt' ich nicht sagen. Sie war Dirn beim Hutter, und gestorben ist sie an der Schwindsucht.«

»Hast du nicht eigentlich schon genug Kinder gehabt? Genug Sorgen?«

»Hab ich. Mehr als genug.«

»Warum dann?«

Warum, warum? Weil sie da waren.

Einmal waren die beiden vorbeigekommen, warum wusste sie nicht mehr, vielleicht hatten sie etwas ausrichten oder zurückbringen müssen, egal, sie war gerade mit ihrer Familie beim Essen gesessen. Knödel hatte es gegeben, daran erinnerte sie sich genau, natürlich eine Riesenschüssel voll auf dem Tisch. Sie hatte den Blick gesehen, den der Jüngere auf die Knödel geworfen hatte, da hatte sie gesagt, sie sollten sich hersetzen. Mit so einem Heißhunger hatten die zwei gegessen, da wusste sie, dass sie auf dem Hof, wo sie für Kost und Quartier arbeiten mussten, nie satt wurden. Kurz darauf hatte ihr die Bärbel erzählt, dass sie den Leonhard, den sie aus der Schule kannte, erwischt hatte, wie er immer wieder mit dem Kopf gegen die Stalltür geschlagen hatte. Zuerst war er vor ihr davongerannt, aber schließlich hatte sie doch erfahren, dass die Bäuerin den Buben die weiße Bluse ihrer Mutter weggenommen hatte, das einzige gute Stück, das die Mutter jemals besessen hatte und auf das sie so stolz gewesen war. Die Buben hätten ja doch keine Verwendung dafür, hatte die Bäuerin gesagt, es wäre schade darum.

»Warum? Auf zwei Esser mehr oder weniger ist es auch nicht mehr angekommen, und ihr habt ja dann bald angefangen zu verdienen.«

Seit er in Rente war, war Leonhard beinahe jeden Mittwoch mit Susi in seinem großen Auto vorgefahren, um Johanna abzuholen. Johanna hatte die Ausflüge ins Steirische oder ins Burgenland immer genossen, ganz besonders aber die Besuche bei Theres. Leonhard hatte es mit dem Kreuz und war überzeugt, dass Theres ihm mit ihren Pechsalben viel besser helfen konnte als alle Ärzte, und die sonst so schüchterne Susi war gesprächig geworden, wenn Theres ihr die Kräuter und ihre Eigenschaften erklärte. Nach seiner Hüftoperation vor drei Monaten durfte Leonhard nicht Auto fahren, immer gab es neue Gründe, warum es ihm verboten wurde. Sie hätten ihn genauso gut gleich ins Gefängnis stecken können, sagte er, ihm täte das Herz weh, wenn er sein Auto vor dem Haus stehen sah. Jeden Morgen schleppte er sich auf seinen Krücken hinunter, einen weichen Lappen in den Gürtel geklemmt, und wischte den Staub von dem glänzenden Lack. Susis Angebot, sie könne ja das Auto putzen, wischte er weg. »Du verstehst ja doch nix von Autos.«

Die Ärzte hatten keine Ahnung, wie wichtig das Autofahren für Leonhard war. Der konnte bestimmt erst gesund werden, wenn er wieder hinterm Lenkrad sitzen durfte.

Wenn sie es nicht bald erlauben, wird es für mich sowieso zu spät, dachte Johanna. Oder für die Theres.

Zu jedem Kraut hatte Theres eine Geschichte gehabt. Johanna ärgerte sich, dass sie die meisten vergessen hatte. Immerhin wusste sie mehr oder weniger, wofür dieses und jenes Kraut gut war. Vor ein paar Tagen erst hatte die Tochter wieder gefragt, wie Theres ihre Ringelblumensalbe machte. Sie hätte gern das genaue Rezept. Manche schworen auf Schmalz als Grundstoff, andere auf eine Mischung aus Öl und Bienenwachs, manche sagten, abgezupfte und getrocknete Blütenblätter hätten die beste Wirkung, andere behaupteten, man solle die ganze Blüte in Öl ziehen lassen und täglich mehrmals schütteln. Sie konnte Theres leider nicht anrufen, da oben auf ihrem Berg würde es wahrscheinlich auch in zwanzig Jahren noch kein Netz geben.

Theres war der Meinung, dass es völlig genügte, wenn der Briefträger einmal die Woche zu ihr heraufkam. Da brachte er nicht nur die Post, sondern auch Lebensmittel und andere Dinge aus dem Laden im Dorf. Theres brauchte nicht viel.

Johanna schloss die Augen.

Theres wirft eine Handvoll Apfelschalen, Himmelschlüssel und ein paar Nelken in den Wassertopf, stellt vier Trinkbecher auf den Tisch. Sie fragt nicht, was die Besucher zu ihr führt, sie stellt einfach fest: »Dein Kreuz ist's wieder, dieses Miststück«, und Leonhard nickt, und Theres zieht ihm vor den anderen das Hemd aus der Hose und reibt ihm mit ihren knochigen Händen eine nach Wald duftende Salbe ins Kreuz. »Spürst du was?«

»Brennt ein bissl.«

Theres nickt zufrieden. »Soll's auch.« Sie wendet sich an Susi. »Damit reibst' ihn in der Früh und am Abend ein, und danach wäschst du dir gründlichst die Hände, vor allem nicht in die Augen greifen, sonst kannst nimmer aufhören zu heulen.« Sie gießt Tee in die Becher und einen guten Schuss Schnaps dazu.

Wenn sie einmal etwas brauchen und nicht herkommen können, sollen sie einfach schreiben und das Geld in einen Briefumschlag stecken, sie schickt es dann gleich. Leonhard sagt, dass man Geld nicht mehr im Briefumschlag verschicken darf, das macht man übers Konto, aber Theres will von Konten und Banken nichts wissen. Ihr Lebtag ist sie ohne ausgekommen, und jetzt wird sie nicht damit anfangen.

Eben noch war Johanna in der Hütte gewesen, hatte den Duft der brennenden Kiefernscheiter gerochen, einen Fensterladen klappern gehört, den Wind im Kamin, sich auf den ersten Schluck aus dem dampfenden Becher gefreut, da war alles nur Erinnerung. Plötzlich schaute sie von außen zu.

Martha konnte an Theres schreiben und sie um das Rezept bitten. Warum hatte sie nicht gleich daran gedacht? Bei Theres dachte man einfach nicht an Schreiben, genauso wenig wie an Telefonieren. Wenn man schon nicht zu Fuß gehen konnte, dann fuhr man mit dem Auto zu ihr. So war das.

In der Nacht träumte sie von Theres. Es war Theres und doch nicht Theres, viel größer, eigentlich gar nicht Theres, aus ihren Armen wuchsen riesige Fledermausflügel, durchscheinend weiß.

Aufwachen war mühevolle Arbeit, als müsste sie eine Last von sich wegschieben.

»Weiße Fledermäuse gibt es nicht«, sagte sie.

Die Beklemmung ließ sich nicht verscheuchen. Theres war eine Gute, vor Theres hatte sie nie Angst gehabt, warum sollte sie sich vor einem ganz und gar blöden Traum in eine so krampfende Unruhe versetzen lassen? Nie war sie hysterisch gewesen, sie doch nicht. Überhaupt hatte das nichts mit Theres zu tun. Auch vor Fledermäusen hatte sie sich nie gefürchtet. Ausgelacht hatte sie die Leute, die behaupteten, Fledermäuse könnten Blut saugen, könnten einem die Haare ausraufen. Als einmal eine Fledermaus unter der Treppe gehangen war, hatte sie das kleine Tier behutsam mit beiden Händen genommen und hinaus in den Schuppen getragen. Sie hatte seinen Herzschlag an ihren Fingern gespürt.

In der Schule hatte Jakob einen Nistkasten für Fledermäuse gebastelt. Am großen Birnbaum hatte er ihn aufgehängt und war enttäuscht gewesen, weil keine Fledermaus eingezogen war.

Jakob. So winzig war er gewesen, viel kleiner als ihre Kinder, so zerbrechlich die dünnen Beinchen. Aber geschrien hatte er genauso kräftig wie ihre Kinder, und als sie ihn zum ersten Mal in den Arm genommen hatte, hatte er sie angeschaut mit seinen großen Augen. Richtig angeschaut, obwohl es doch hieß, Neugeborene könnten das noch gar nicht.

Wie weich der Flaum auf seinem Kopf gewesen war. Wenn sie hineinblies, stellten sich die feinen Haare auf. Die Tochter musste zwei Monate nach der Geburt wieder in die Fabrik gehen, Jakob blieb bei den Großeltern. Johanna hatte ihre Freude daran, wie er nach ihren Händen griff, wie fest er ihre Finger umklammerte, wie warm und weich er sich in ihre Halsgrube schmiegte, wie er gedieh, wie die mageren Beinchen und Ärmchen rund wurden. »Speckfalten«, sagte Peter. »Pass nur auf, sonst wird er nie gehen lernen, rollen werden wir ihn müssen!«

Seine ersten Schritte war Jakob von ihr zu Peter und zurück zu ihr getorkelt, krähend vor Freude, mit weit ausgebreiteten Armen. Plötzlich hatte er das Gleichgewicht verloren, war auf seinen Windelhintern geplumpst und hatte so verdutzt ausgesehen, dass sie und Peter gelacht hatten. Jakob aber hatte herzzerreißend geschrien und sich lange nicht beruhigen lassen. Sie hatte ihn hin- und hergewiegt, sein kleiner runder Schädel hatte gegen ihre Brust geschlagen, die bald nass war von seinen Tränen.

Es tat ihr so leid, dass Peter nicht erlebt hatte, was aus seinem Sepperl geworden war. Dass er sein Gesellenstück nicht gesehen hatte, eine Schatulle aus Kirschholz mit Einlegearbeiten. Ihr erwachsener Enkel neben ihrem Mann, dieses Bild hätte sie gern gehabt.

Die alten Maler hatten doch die Bilder aus ihren Köpfen auf Leinwand oder auf Holz gemalt. Schön müsste es sein, so etwas zu können. In ihrem Kopf tauchten Bilder auf, die verschwammen, sobald sie versuchte, genauer hinzusehen. Manche wieder waren ungeheuer scharf und deutlich, aber sie konnte sie nicht einordnen, wusste nicht, wer da wo war und was das mit ihr zu tun haben sollte. Das verwirrte sie sehr. Sie selbst sah auf Fotos anders aus als in Wirklichkeit, davon war sie überzeugt. Würden ihre Enkelkinder sich so an sie erinnern, wie sie gewesen war, oder so, wie sie auf den Fotografien aussah? Bilder lügen nicht, hieß es doch. Vielleicht sah sie so aus, wie die Bilder behaupteten, aber eben auch so, wie ihr Spiegel behauptete? Oder noch anders?

Heute fotografierten alle ständig mit ihren Handys, als Peter noch lebte, gab es in der ganzen Familie nur einen Fotoapparat. Fotografiert wurde bei besonderen Anlässen, Filme waren teuer, und Abzüge erst recht. Als Bernhard eine Kamera kaufte, stürzte er sich natürlich auch ins Fotografieren mit seiner üblichen Gründlichkeit, besuchte Kurse, trat einem Club bei, machte seine eigenen Vergrößerungen. Auf seinem ersten Computer legte er ein Verzeichnis seiner Fotografien an und kopierte auch alles, was es an alten Fotos in der Familie gab. Wollte man eines der Bilder sehen, brauchte er nur eine Taste zu drücken. Mit Erinnerungen war das leider nicht so einfach. Die kamen und gingen wie sie wollten, die ließen sich nicht scharf stellen oder vergrößern, wie Bernhard das auf seinem Bildschirm so aus dem Handgelenk machen konnte, dass es fast unheimlich war.

Sophie brachte ihr einen Herbststrauß aus buntem Laub, Geißblatt, leuchtend roten und tief schwarzen Beeren. Sie stellte den Krug mit dem Strauß auf den Wohnzimmertisch, ein Stück links von der Mitte, die Beeren glänzten im Lampenlicht. Sophie erzählte von den Vorbereitungen für die Hochzeit von Lukas, jenem Enkel, der Peters Elternhaus übernommen hatte.

»Es wird eine Trachtenhochzeit, da musst du dir auch ein Dirndl kaufen, Oma!«

Johanna schüttelte den Kopf. »Ich kauf mir kein Gewand mehr. Wer weiß, ob ich die Hochzeit noch erlebe.«

»So darfst du nicht reden, Oma.«

»Ich rede, wie ich will.«

Als sie so alt war wie Sophie jetzt, war ein Dirndl ihr größter Wunsch gewesen. In einem Dirndl, hatte sie geglaubt, könnte sie der Welt entgegentreten ohne Scheu. Ein Dirndl war unerreichbar, ein unerfüllbarer Traum für eine wie sie, bis ihr der Löwy den Vorschlag mit der Ratenzahlung gemacht hatte. Freundlich waren sie gewesen, er und seine Tochter Ruth.

»Das Dirndl steht dir gut auf dem Foto mit dem Opa«, sagte Sophie.

»Hör mir auf mit dem Dirndl!«

Sie war keine Dirn mehr und sie brauchte kein Dirndl. Wenn der Enkel sie bei seiner Hochzeit dabeihaben wollte, würde sie das dunkelblaue Kleid mit dem weißen Muster anziehen oder aber daheimbleiben. So war das.

Sophie wirkte geknickt, es tat Johanna auch leid, dass sie die Enkelin gekränkt hatte, aber das ließ sich jetzt nicht ändern, erklären ließ es sich nicht. Sie war auch so unsagbar müde.

Martha kam aus dem Garten herauf, machte Licht und legte zwei Scheiter in den Kamin. Die Glut war noch lebendig, Flammen züngelten hoch, das Knistern im Ofen nahm dem Schweigen im Zimmer die Schwere.

Sophie ging in die Küche, nahm das Foto von Johanna und Peter von der Wand und kam zurück ins Wohnzimmer. »Erzähl mir von eurer Hochzeit, Oma!«

»Da gibt's nicht viel zu erzählen. Es war ein eisiger Dezembertag, nach der Frühmesse war die Trauung, dann sind wir heimgegangen und haben uns umgezogen zur Stallarbeit. Zu Mittag hat es Erdäpfelgulasch gegeben mit Braunschweiger.«

»Keine Hochzeitstorte?«

»Keine Hochzeitstorte.«

»Aber bei eurer Silbernen, da habt ihr eine schöne Hochzeitstorte gehabt?«

»Was glaubst du denn? Eine riesige!«

Die Polterabende der Söhne im eigenen Haus, tagelang hatten sie und die Töchter gekocht und gebacken, je später es wurde, desto lauter wurde die Musik, schallte durchs ganze Dorf, alle feierten mit, irgendwann war nicht mehr genau auszumachen, welches Stück gerade gespielt wurde. Die Hochzeiten der Töchter, jede von ihnen eine schöne Braut, Peter ein stolzer Vater, der sie ganz wie es sich gehörte am Arm in die

Kirche führte. Nur Martha hatte nicht geheiratet. Als sie den Jakob bekam, hieß es noch nicht »alleinerziehende Mutter«, da redeten die Leute noch abfällig von »ledigen Müttern«, da war das Jugendamt noch Vormund aller ledig geborenen Kinder, aber Martha schaffte es. Heiratsangebote hätte sie genug gehabt. Martha war stark. Johanna hatte nie gefragt, ob sie dem Mann nachtrauerte, der sie verlassen hatte. Oder ob Jakob den Vater vermisst hatte. Sicher nicht, solange Peter gelebt hatte. Wieso hatte sie sich nie gefragt, ob Jakob auch Peters Musikalität geerbt hatte, und ob die vielleicht verloren gegangen war, weil Peter zu früh gestorben war?

Plötzlich sieht sie Jakob tränenüberströmt vor dem offenen Kühlschrank stehen. Im Kühlschrank liegt ein abgezogenes, aber noch nicht zerteiltes Kaninchen. »Hasi?«, schluchzt Jakob. »Mein Hasi?« Sie haben nicht daran gedacht, Jakob zu warnen, dass sein Kaninchen geschlachtet werden muss, es ist ohne Vorwarnung aggressiv geworden. Jakob stößt Mutter und Großmutter von sich, sogar seinen Opa. In der Nacht fiebert er.

Vielleicht war das der Grund, warum Peter aufgehört hatte Kaninchen zu züchten. Darüber gesprochen hatten sie nie.

Noch während sie ihren Frühstückskaffee trank, überlegte Johanna, was für den Gugelhupf nötig war. Hunderte Gugelhupfe hatte sie gebacken, und jetzt war sie nervös, als wäre es das erste Mal. Nie hatte sie eine Waage gebraucht. Sie war froh, dass Martha das Vorhaus kehrte und ihr nicht zuschaute, wie sie mit einem Löffel Zucker über der Schüssel zögerte. War das jetzt genug oder doch zu wenig? Hatte die Milch schon die richtige Temperatur? Sie tauchte den kleinen Finger hinein.

Kaum hatte sie begonnen, den Teig mit dem Kochlöffel gegen den Schüsselrand zu schlagen, spürte sie ein Ziehen im Oberarm. Sie setzte sich auf den Küchenstuhl, nahm die Schüssel zwischen die Beine, drosch wütend auf den Klumpen ein. Der Schmerz im Arm wurde stärker, sie keuchte.

»Mama!« Sie hatte die Tochter nicht kommen gehört. »Das ist doch viel zu anstrengend!« Martha holte den Mixer aus dem Schrank, steckte die Knethaken hinein und stellte ihn an. »Man kann sich das Leben doch auch leichter machen.«

»Bei dem Höllenlärm versteh ich kein Wort«, behauptete Johanna.

Mit einem Seufzer übernahm sie den Mixer von Martha. Dass sie nicht einmal mehr die Kraft für einen ordentlichen Germteig hatte.

Mehrere Male war sie in Versuchung, das Geschirrtuch zu lüpfen, mit dem sie die Schüssel zugedeckt hatte, um zu sehen, ob der Teig auch richtig aufging. Mit besonderer Sorgfalt schmierte sie Butter in alle Falten der beiden Backformen, staubte sie mit Semmelbröseln aus. Sie prüfte die Temperatur des Backrohrs. Der Teig war tatsächlich aufgegangen. Vorsichtig füllte sie die zwei Formen.

Dann konnte sie nur noch warten. Eine knappe Stunde brauchte ein Gugelhupf. Von allen Arbeiten war Warten die anstrengendste, das war immer schon so gewesen. Es half überhaupt nicht, wenn sie sich eine dumme Ziege schimpfte. Vor allem, weil sie genau wusste, dass Ziegen alles, nur nicht dumm waren.

Warum zum Kuckuck hatte sie das versprechen müssen? Seit sie zu Martha gezogen war, hatte sie nichts mehr gebacken. Sie war außer Übung. Natürlich erwarteten alle einen Gugelhupf wie früher. Verdammter Gugelhupf.

Hatte da jemand geschossen? Nein, das war gewiss eine Fehlzündung. Einer von den Nachbarburschen bastelte seit Tagen an seinem Auto herum.

Aus dem Backrohr begann es zu duften. Martha kam in die Küche, ging in die Knie, blickte ins Backrohr. »Schaut gut aus. Zehn Minuten noch?«

Johanna zuckte mit den Schultern. »Kann sein.«

Martha holte zwei Teller aus dem Schrank und Papierdeckchen aus der Schublade. Sie verschwand wieder im Vorhaus, als sie zurückkam, fragte sie: »Darf ich sie rausnehmen?«

Bücken fiel Johanna ohnehin schwer, und Bücken mit etwas Schwerem und noch dazu Heißem noch schwerer. »Wenn du willst.«

Da standen die zwei Backformen auf der Arbeitsfläche nebeneinander, beide Oberflächen glatt und hellbraun. Man konnte fast glauben, alles wäre gut gegangen. Johanna hielt den Atem an. Fünf Minuten, dachte sie. Ein paar Minuten müssen sie auskühlen. Sie blickte auf die Küchenuhr mit den trägen, faulen Zeigern.

»Aber jetzt!« Entschlossen packte sie zwei Topflappen, legte ein Schneidbrett auf die erste Backform, schüttelte sie, drehte sie um. Der Gugelhupf schlüpfte heraus, braun, glänzend, duftend. Der zweite ebenso.

»Perfekt!«, sagte Martha.

»Ist doch keine Kunst«, antwortete Johanna.

Am Nachmittag kamen tatsächlich alle. Johanna freute sich an den herumwuselnden Kindern, auch wenn sie nicht immer wusste, wer wer war, und auch wenn sie in dem allgemeinen Lärm wenig verstand. Es war einfach ein gutes Gefühl zu wissen, dass alle diese Menschen etwas verband, dass sie einander wohlwollten und irgendwie zu ihr gehörten.

Alle lobten die beiden Gugelhupfe, schimpften gleichzeitig, dass Johanna sich doch nicht so viel Arbeit hätte machen dürfen, und Johanna wehrte natürlich ab. »Das war doch keine Arbeit!«

Linda schaute ein bisschen gekränkt, weil ihre wirklich prächtige Torte nicht genügend gewürdigt wurde.

Thomas hielt eine kleine Rede auf Frieda, er hatte Sekt mitgebracht, sie stießen auf das Geburtstagskind an, dann spielten Thomas, Bernhard und einige von den Jungen ein Ständchen für Frieda. Wie hübsch sie heute aussah, eigentlich viel hübscher, als sie als junge Frau gewesen war. Es tat ihr gut, einmal im Mittelpunkt zu stehen.

Ganz ohne Vorwarnung, von einem Augenblick auf den anderen, hörte Johanna den Lärm im Raum wie aus weiter Ferne, sie protestierte nicht, als Jakob und Sophie sie zum Ohrensessel führten und ihr ein Glas Wasser in die Hand drückten.

Gleich darauf fühlte Martha ihren Puls, beugte sich Thomas über sie.

»Mir geht's gut«, sagte sie.

»Ich ruf lieber doch den Doktor.«

»Jetzt macht kein Theater! Ich hätte nicht stehen dürfen, meine Schuld.« Es gelang ihr, sehr entschieden zu klingen. »Alles Gute zum Geburtstag, liebe Frieda!«

»Du bist ganz sicher, dass es dir gut geht?«

»Damenwahl«, sagte Johanna. »Den nächsten Walzer tanzt du mit mir!«

Thomas streckte beide Arme aus, ließ sie sinken. »Mama, du bist … wie soll ich sagen …?«

»Nichts. Schon gut«, brummte Johanna.

Von den beiden Gugelhupfen blieb nicht ein einziges Brösel übrig.

Sie fand keinen Platz in ihrem Bett. Sooft sie ihren Polster aufschüttelte, die Decke hochzog und wieder wegschob, nichts passte. Peters alter Dackel fiel ihr ein, der manchmal stundenlang in seinem Korb gebuddelt und gegraben hatte, bis sein Schlafplatz endlich so aussah, dass er sich darin zu schlafen entscheiden konnte. Nach zwei, drei Wochen war seine Matratze bereits völlig zerfetzt gewesen.

Sie stand auf. Die zarteste Mondsichel, die sie je gesehen hatte, hing zwischen den Ästen des Apfelbaums, fast weiß und völlig glanzlos. Während Johanna schaute, begann die Mondsichel zu strahlen, und in dem Maß, wie sie zu leuchten begann, schien sie auch breiter zu werden, zuzunehmen, nicht viel, aber doch ein wenig. Johanna stand und schaute, bis ihre Füße kalt wurden, dann kroch sie zurück ins Bett. Es dauerte eine Weile, bis die Wärme unter der Tuchent über das Frösteln siegte, der Kampf, der da auf ihrer Haut ausgetragen wurde, gab ihr auf eine merkwürdige Art das Gefühl, lebendig zu sein.

Den Vorhang hatte sie wieder nicht zugezogen. Auch gut, dachte sie.

Leonhard rief an. Sie müssten den Ausflug zu Theres verschieben, er müsse zur Kur einrücken. Bei ihm klang das, als wäre die Kur ein Gefängnisaufenthalt.

»Mein Beileid«, sagte Johanna auch prompt, da legte er verstimmt auf, nur um gleich darauf wieder anzurufen. Sie stellte verwundert fest, dass sie nicht enttäuscht war, dass es ihr sogar ganz recht war, wenn sie sich nicht zum Wegfahren vorbereiten, nicht die guten Schuhe anziehen musste.

Ihr Lebtag lang hatte sie sich auf jede unerwartete Situation einlassen können, hatte von einem Augenblick zum anderen Pläne umwerfen und neu anfangen können, wie

163

das eben bei einer so großen Familie notwendig war. Jetzt musste sie achtgeben, um nicht ins Stolpern zu kommen, das Gleichgewicht zu verlieren, womöglich zu fallen, wenn etwas den Alltag aus dem Trott brachte. Das war nicht sie!

Es begann schon beim Aufstehen. Wie kam sie dazu, daran denken zu müssen, dass sie sich nicht ruckartig aufsetzen durfte? Dass sie die Beine aus dem Bett hängen lassen musste, bevor sie aufstand? Dass sie den Kopf langsam drehen musste? Dass sie sich nicht schnell bücken durfte, wenn sie etwas vom Boden aufheben wollte? Wer machte diese Vorschriften?

Sagte jemand, dass sie für ihr Alter noch sehr beweglich war, hätte sie diese blöde Person am liebsten geohrfeigt. Für ihr Alter! Sie war nicht ihr Alter. Sie war sie selbst, verdammt noch einmal. Bis vor Kurzem war sie zumindest noch sie selbst gewesen.

Sie begann sich zu beobachten. Was sie sah, gefiel ihr nicht. Diese Altweiberschritte. Sie zwang sich, die Füße höher zu heben, größere Schritte zu machen. Das machte sie noch unsicherer. Die Geschichte vom Tausendfüßler fiel ihr ein, den jemand gefragt hatte, mit welchem Bein er losging. Natürlich fiel er auf die Nase. Falls Tausendfüßler Nasen hatten. Sie hatte jedenfalls nicht die Absicht, auf die Nase zu fallen.

Wenn sie ging wie eine alte Frau, dann ging sie eben wie eine alte Frau. Sie war eine alte Frau. Dieser Punkt war erledigt. Ein für alle Mal.

Warum war sie bitteschön so wütend? Sie versuchte ruhig zu atmen, den Druck im Magen, das Zittern im Bauch wegzuatmen.

Ihr Blick fiel auf das Foto von Sophie an ihrem ersten Schultag, das auf ihrem Nachttisch stand. Sophie hatte das Bild säuberlich ausgeschnitten, auf ein Herz aus Karton

geklebt, mit Blumen umrandet und daruntergeschrieben:
FÜR DIE BESTE OMA AUF DER KANZEN WELT.

Beste Oma auf der kanzen Welt, das war doch eine Aus-
zeichnung, auf die man stolz sein konnte. Ob sie das heute
noch sagen würde? Fragen konnte Johanna sie das natürlich
nicht. Das wäre noch schöner, das wäre glatt Betteln um
Anerkennung, nein, also wirklich! Am Nachmittag wollte
Jakob die nicht winterharten Pflanzen in den Keller tragen,
Marthas Rücken machte seit einiger Zeit Schwierigkeiten.
Vielleicht würde auch Sophie vorbeikommen. Das war ein
guter Grund aufzustehen.

An der Innenseite ihres rechten Ellbogens gab es eine lästige
juckende Stelle. Sie würde die Salbe von Theres draufschmie-
ren, in dem Tiegel war noch ein Rest, gleich nach dem Frühstück wollte sie an Theres schreiben, in nächster Zeit würde
sie ja kaum zu ihr fahren können. Aber wo war der Tiegel?
Ganz rechts hinten auf dem zweiten Regal, wo er hingehörte.
Martha hatte ihn doch nicht weggeworfen, nur weil die Salbe
ein bisschen eingetrocknet war? Zuzutrauen war es ihr. Die
Tochter las ja sogar das Ablaufdatum auf den Nudelpackungen.

Wer hatte erzählt, dass heutzutage auch Salz ein Ablaufdatum hatte? Ihr konnte es egal sein, ihr Ablaufdatum war
längst überschritten. 85 Jahre für Frauen, hatte sie gehört.
Die hatte sie schon lange hinter sich gelassen.

Irgendetwas stimmte nicht.

Sie schob die Spiegeltür des Badezimmerschranks nach
links und nach rechts.

Natürlich war der Tiegel nicht hier.

Das war nicht ihr Regal. Ihr Regal war in ihrem Badezimmer. In ihrem eigenen Badezimmer. In ihrem Badezimmer,
das es nicht mehr gab.

165

Sie klappte den Klodeckel herunter, setzte sich drauf, betrachtete ihre eigenen Hände, als könnten die ihr eine Erklärung liefern. Dieses blaue Muster der Adern, so viele braune Flecken. Wie dünn die Haut sich über den Knöcheln spannte, ganz weiß. Sie spreizte die Finger, die Sehnen zappelten auf und ab. So viele Narben, kleinere und größere, da hatte sie sich geschnitten und da und hier auch. Diese Narbe stammte von dem alten Bügeleisen, das man noch mit heißer Kohle füllen musste. Sie drehte die Hände um. Es gab Leute, die in den Linien lesen konnten, eine war die Lebenslinie, eine die Herzlinie, aber welche war welche? Alle tausendfach durchkreuzt von einem Faltengewirr.

Sie gab sich einen Ruck. Schön, sagte sie sich. Oder nicht schön. Dann warst du eben verwirrt.

Sie wusch sich, zog sich an und ging in die Küche, wo Martha mit dem Frühstück wartete. Auf der Anrichte stand ein großer Korb mit Falläpfeln, die ein Nachbar gebracht hatte.

»Ich möchte einen ausgezogenen Apfelstrudel machen«, sagte Martha. »Ich kann nicht garantieren, ob man bei meinem durch den Teig die Zeitung lesen kann so wie bei deinem. Aber meistens steht sowieso nichts Gescheites drin.«

Johanna begann sofort, Äpfel zu schälen und in Scheiben zu schneiden.

Es war schön, gemeinsam mit der Tochter in der Küche zu arbeiten, etwas Nützliches zu tun. Seit der seltsamen Erfahrung im Badezimmer hatte sie innerlich gezittert und war nicht sicher gewesen, ob das auch nach außen sichtbar war, jetzt legte sich das Zittern. Als Martha den Strudel aus dem Rohr holte, füllte der Duft das ganze Haus. »Gut schaut er aus«, sagte Johanna.

Martha lächelte. »Fast so schön wie deiner.«

Über Nacht hatten die Bäume im Garten alle Blätter verloren, die nackten Äste stocherten ein schwarzes Gekrakel in den schweren Nebel. Die sonst so grelle Laterne vor dem Haus war eine blasse, kraftlose Funsel. Wenn wenigstens Wolken am Himmel zu sehen gewesen wären. Aber da war nichts, absolut nichts.

Erst vier Uhr und schon so dunkel. Wenn sie jetzt daheim wäre, würde sie zum Beispiel hinaus in den Schuppen gehen und dort Ordnung machen. Oder eine der Schubladen in der Küchenkredenz aufräumen. Oder Späne zum Unterzünden schneiden. Es gab immer etwas zu tun. Sie könnte natürlich Bernhard anrufen und sich nach Magda erkundigen. Sie könnte aufstehen und den Fernsehapparat einschalten. Sie blieb sitzen.

Die Zimmertür flog auf, Sophie stürmte herein, umarmte Johanna, ihre Wangen, ihre Nase waren richtig kalt, brachten ein Gefühl von Draußen mit, von Wind und Nebelfeuchte.

»Stell dir vor, ich hab einen Fuchs gesehen, keine zehn Meter vor mir hat er die Straße überquert! Ein schöner Kerl mit einer weißen Schwanzspitze. Einen Moment ist er stehen geblieben, hat sich zu mir umgedreht, fast als wollte er mich anschauen, dann ist er im Gebüsch am Damm verschwunden.«

Martha war Sophie gefolgt. »Du weißt schon, dass Füchse gefährlich sind? Wegen der Tollwut. Du hast ihn doch nicht angefasst?«

Sophie lachte. Der einzige Fuchs, den sie je angefasst hatte, war der Fuchspelz von Marthas alter Hauswirtin, sagte sie. »Erinnerst du dich? Mit dem haben wir feine Damen gespielt, Claudia und ich. Was ist aus dem geworden?«

»Die Motten sind hineingekommen.« Martha schüttelte sich. »Das war vielleicht grauslich. Alles voller Maden.«

Johanna hatte lange nicht an die Frau gedacht, die für Martha eine Tante geworden war. Nach einer Hüftoperation wurde sie immer verwirrter, wusste nicht mehr, wie sie hieß oder wo sie wohnte, konnte sich nicht mehr selbst waschen, nicht mehr allein essen, zuletzt überhaupt nicht mehr aufstehen.

Martha hatte sie gepflegt. Warum? Weil sonst niemand da war, der sich um die Frau hätte kümmern können. Weil die Frau sie aufgenommen hatte, als sie eine Wohnung brauchte.

Als es ihr zu viel wurde, machte sie weiter. Warum? Weil man doch nicht aufhören konnte, wenn man einmal etwas angefangen hatte. So einfach war das und so schwierig.

Johanna hasste den Gedanken, dass Martha drauf und dran war, dasselbe noch einmal durchzumachen. Und sie konnte nichts dagegen tun.

»Hast du wieder Kreuzschmerzen, Mama?«

»Wieso?«

»Weil du so ein Gesicht machst.«

Martha verschwand in der Küche.

»Wohin würdest du am liebsten fahren?«, fragte Sophie.

»Wie kommst du drauf?«

»Einfach so. Also ich wäre jetzt gern irgendwo am Meer, die Sonne scheint und der Himmel ist blau. Und in einer Palme turnen diese frechen kleinen Affen herum …«

»Die beißen«, sagte Johanna.

»Gar nicht wahr!«

»Doch. Außerdem stehlen sie wie die Raben. Ich hab's selbst gesehen, wie sie einen ganzen Marktstand verwüstet haben, gestern oder vorgestern. Die Leute haben geschrien und geflucht, aber die Affen haben sich nicht verjagen lassen. Nein, also ich glaube, ich fahr lieber nach Mariazell.«

Sophie lachte. »Da warst du doch schon!«

»Sicher war ich dort schon. Sieben- oder achtmal.«

»Eben. Ich möchte irgendwohin, wo ich noch nie gewesen bin.« Sophie verschränkte ihre Finger ineinander, lehnte sich zurück, atmete tief ein. »Ganz weit weg, verstehst du?«

Johanna zögerte. Es wäre einfach gewesen zu nicken, aber es wäre nicht die Wahrheit gewesen. Warum wollte die Enkelin weg? Es ging ihr doch gut, oder etwa nicht? Als sie so alt war wie Sophie jetzt … So alt wie Sophie? So jung wie Sophie! So jung wie Sophie jetzt war sie nie gewesen!

Sie war doch nicht eifersüchtig auf ihre eigene Enkelin. Natürlich nicht. Sie war froh, dass die Kinder es besser hatten.

Sie war weggegangen von der Ziehmutter, weil sie musste, nicht weil sie wollte. Das stimmte auch nicht. Sie wollte lernen, darum war sie weggegangen, obwohl sie Angst gehabt hatte.

Hänschen klein ging allein in die weite Welt hinein? Eigentlich war das ein saudummes Lied. Fröhlich zog der Bub aus, um die Welt zu erobern, *aber Mutter weinet sehr,* da musste er umkehren, musste die Welt Welt sein lassen? Wahrscheinlich war er von da an sauer auf *Mutter-weinet-sehr.*

Sie hatte ihren Kindern nichts vorgeheult. Sie nicht.

So viel Erwartung in Sophies Blick.

Sie hätte ihr gern erklärt, wie das war mit dem Weggehen, dazu musste sie es sich aber zuerst selbst erklären, und das war alles, nur nicht einfach. Geboren werden hieß noch lange nicht, dass man angekommen war im eigenen Leben. *Das wäre ja noch schöner, wenn ledige Kinder schon was wollen dürften!* Auch als verheiratete Frau war nichts selbstverständlich für sie gewesen. Der Kampf um die Versorgung ihrer Familie, um ihren Platz im Dorf, gegen Geringschätzung und Ungerechtigkeit stellte sie beinahe jeden Tag vor neue

Herausforderungen. Sie wusste, dass Peter zu ihr stand, aber sie wusste auch, dass er sie nicht gegen die Widrigkeiten der Welt schützen konnte, und sie erwartete es auch nicht von ihm. Gemeinsam zogen sie den Karren, so gut sie konnten, und gemeinsam schoben die Kinder an, sobald sie kräftig genug waren. Als sie tatsächlich den Punkt erreichten, wo der Karren richtig rund lief, wo ihre Küche zum Ort wurde, wo die Leute, die sie vorher scheel angeschaut hatten, anklopften, manchmal, weil sie eine Frage hatten, manchmal, weil sie zufällig vorbeikamen, da war ihr ganz und gar nicht nach Weggehen. War das der Punkt, wo sie angekommen war in ihrem eigenen Leben?

»Hat dir die Mama *Hänschen klein, ging allein* vorgesungen?«

»Was? Nein, kann ich mich nicht erinnern. Im Kindergarten haben wir's gesungen. Wie kommst du drauf, Oma?«

»Da besinnt sich das Kind, eilt nach Haus geschwind. Ist mir so eingefallen. Blöd. In meinem Alter darf ich ab und zu blöd sein.« Es ärgerte Johanna, dass sie sich die Nase putzen musste. Sie suchte nach ihrem Taschentuch.

Sophie reichte es ihr. Sie saßen eine Weile schweigend. Im Ofen tanzten helle Flammen, fielen in sich zusammen, loderten an einer anderen Stelle auf.

»Ich wollte eigentlich immer ein Bub sein«, sagte Sophie. »Ich war so eifersüchtig auf den Jakob, weil er alles besser gekonnt hat und weil der Opa ihn immer mitgenommen hat.«

»Natürlich hat er alles besser gekonnt. Er war ja vier Jahre älter.«

Plötzlich fragte Sophie: »Wärst du gern jemand anderer gewesen?«

Seltsam, darüber hatte Johanna nie nachgedacht. Sie hätte oft und vieles gern anders gehabt, aber jemand anderer gewesen?

170

»Ein Mann zum Beispiel?«, hakte Sophie nach.

»Ganz sicher nicht!« Die Frage hatte sie überrumpelt, aber nein, sie hatte nie ein Mann sein wollen. Männer hatten es leichter in vielerlei Hinsicht, vielleicht sogar in jeder, aber ein Mann hätte sie nie sein wollen, es war ihr nie erstrebenswert vorgekommen, mit so einem baumelnden Ding zwischen den Beinen herumzulaufen, das einem womöglich noch in die Quere kam, nein danke, also wirklich nicht. Es gefiel ihr ganz und gar nicht, wie Sophie sie anschaute.

»Was ist?«

Sophie zuckte mit den Schultern. »Ich meine ja nur. Du hättest dir zum Beispiel ein leichteres Leben aussuchen können, oder?«

»Hör einmal! Ein Leben sucht man sich doch nicht aus wie ein Paar Schuhe!«

Wollte Sophie sie auf den Arm nehmen? Das wäre ja noch schöner. Mädel, überheb dich nicht! Ich bin ein schwerer Brocken.

Sophie schaute ihr erwartungsvoll mitten ins Gesicht. Ganz ohne Hintergedanken. Die Enkelin wartete wirklich auf eine Antwort.

Johanna hatte das Gefühl, dass der Nebel vor dem Fenster auch in ihren Kopf gesickert war und sich dort verdichtet hatte.

Sophie stand auf, öffnete die Ofentür, legte ein paar trockene Zweige auf die Glut. Funken spritzten, im Schein des Feuers sah die Enkelin aus wie die Heiligen auf den Bildern in der Kirche, das verstörte Johanna.

»Hättest du dir nicht andere Eltern ausgesucht?«

Johanna dachte kurz nach. »Ich glaube«, sagte sie, »ich bin gar nicht auf die Idee gekommen, dass ich mir etwas hätte aussuchen können.«

Sophies Augen wurden immer dunkler. »Vielleicht ist das der große Unterschied. Mit sechs oder sieben Jahren habe ich mir eingebildet, ich wäre in Wirklichkeit eine Prinzessin und meine richtige Mutter würde mich holen kommen. Vor allem, wenn die Mama mit mir geschimpft hat.« Sie lachte kurz auf. »Hältst du es für möglich, dass man sich nur eine andere Mutter wünschen kann, wenn man sowieso eine sehr liebe hat?«

»Das kann schon sein. Wir können uns die Eltern nicht aussuchen, und die Kinder auch nicht. Obwohl manche Leute meinen, dass es irgendwann möglich sein wird, Kinder nach Maß zu bestellen. Ich bin ganz froh, dass nicht ich hab entscheiden müssen, wer von meinen Kindern die Locken vom Opa erbt und wer nicht.«

Das sei die größte Ungerechtigkeit überhaupt, sagte Sophie, dass Jakob Großvaters Locken geerbt hatte und sie nicht, und dabei wisse er die Locken überhaupt nicht zu schätzen, er habe sogar gedroht, sich eine Stoppelglatze schneiden zu lassen.

Johanna schwieg. Sie war müde, sie hatte das unbestimmte Gefühl, dass sie eine Möglichkeit versäumt hatte, Sophie etwas sehr Wichtiges mitzuteilen, eine Gelegenheit, die sich vielleicht nie wiederholen würde.

Sophie begann auf ihrem Stuhl zu wippen. »Lass gut sein, ich weiß, es gibt schlimmere Ungerechtigkeiten. Ich möchte nur wirklich gern verstehen, was du meinst mit so einem Satz wie vorhin.«

»Welchem Satz?«

»Dass man sich ein Leben nicht aussucht wie ein Paar Schuhe. So als *müsste* man einverstanden sein. Wenn man verdammt schlechte Karten bekommen hat, muss man dann einverstanden sein?«

»Man muss überhaupt nicht einverstanden sein. Ich weiß nur nicht, ob man ein neues Blatt bekommen kann, verstehst du? Leben ist nicht die Karten, die man kriegt, Leben ist das, was man draus macht. Oder so ähnlich. Herrschaft, Kind, du machst mich fertig!«

Sophie senkte den Kopf, verschränkte die Finger ineinander. »Ich meine doch nur ... Also schau ...« Sie brach ab. Johanna hätte so gern die Haarsträhne zurechtgestreift, die der Enkelin ins Gesicht fiel, es war fast wie ein plötzlicher Niesdrang, gegen den sie mit Gewalt ankämpfen musste. Sophie begann mit beiden Händen zu rudern, als könnte sie die Wörter aus der Luft fangen. »Schau, Oma, nur weil du es geschafft hast, eine starke Frau zu werden, obwohl du in einer Scheißsituation gesteckt bist, heißt das noch lange nicht, dass eine Scheißsituation eine gute Schule ist, oder?«

Was war eine gute Schule, um eine starke Frau zu werden? Johanna hätte Sophie gern eine Antwort gegeben, aber es ging ihr ähnlich, wie wenn sie nach dem Rezept für ihren Germteig gefragt wurde. Das ließ sich nicht mit Zahlen und Gewichtsangaben festlegen, das ging nur nach Gefühl, und Gefühl war auch kein verlässlicher Kompass, der unverrückbar immer in eine Richtung zeigte, es war eine recht zittrige Nadel, die hin- und herschwanken konnte.

»Du bist so stark«, hatte Peter meist gerade dann gesagt, wenn sie sich gar nicht stark gefühlt hatte, und aus einem ihr unverständlichen Grund war sie darüber ärgerlich geworden.

»Ich hab nie darüber nachgedacht, ob ich stark bin oder nicht, es war nur so, dass ich halt getan hab, was notwendig war, und davonrennen wär sowieso nicht gegangen.« Johanna merkte, dass der Versuch zu lächeln schief in ihren Mundwinkeln hängen blieb. »Es hat schon sehr geholfen, dass ich gebraucht worden bin.«

Dieses lächerliche Lid begann wieder einmal zu zucken. Und natürlich schaute Sophie gerade in diesem Moment in ihre Richtung, sah womöglich auch, dass Johannas Augen wieder einmal feucht waren. Sie wandte sich schnell ab, Sophie konnte nicht wissen, dass es nur an der mangelnden Tränenflüssigkeit lag, eine ganz normale Alterserscheinung war das. Eine von den vielen Verrücktheiten: Trockene Augen wurden nass. So wie halb verhungerte Kinder Hungerbäuche bekamen.

In die Stille hinein murmelte Sophie: »Wie hast du es geschafft, immer großzügig zu sein, auch wenn du überhaupt nichts gehabt hast?«

»Teilen«, sagte Johanna.

»Was teilen, wenn nichts da ist?«

Johanna kicherte. »Wenn es hinten und vorne für einen selbst nicht reicht, dann muss man erst recht teilen. Dann ist genug für alle da.«

»Moment!« Sophie schüttelte heftig den Kopf. »Das ist aber jetzt gar nicht logisch!«

»Stimmt. Logisch ist es nicht, aber wahr. Ich hab's hundertmal ausprobiert!«

»Und der Beweis ist, dass ihr trotzdem nicht verhungert seid?«

»Kluges Mädchen«, sagte Johanna.

Zu Hause im Dorf war der Nebel nie so zähflüssig gewesen wie hier unten im Tal. Wie oft war sie aus dem Haus getreten und hatte zugesehen, wie sich unten eine graue Wolke auf der Schnellstraße wälzte, während die Nachbarkatze im windgeschützten Winkel ihres Gartens alle viere von sich streckte und sich die Sonne auf den Bauch scheinen ließ. Seit sie selbst keine Katzen mehr hatte, betrachtete die Nachbarkatze Johannas Garten als Teil ihres Reviers.

Wahrscheinlich nannte man das Heimweh, dieses ziehende, drückende Gefühl in den Eingeweiden beim Gedanken an das eigene Haus. Nur war es nicht mehr ihr Haus. Martha hatte genug zu tun, sie konnte sie nicht bitten, mit ihr hinaufzufahren. Die Jungen hatten sie eingeladen, jederzeit, hatten sie gesagt, wir freuen uns, wenn du uns besuchst, aber genau das war es: Wie sollte sie Besuch sein in dem Haus, in dem sie mehr als sechzig Jahre gelebt hatte? Sie würde sich nicht einmal zurechtfinden, die Türen waren nicht mehr, wo sie gewesen waren, der Eingang war nicht mehr, wo er gewesen war, nichts war mehr, wie es gewesen war. Vielleicht war es gut so. Sicher war es gut so.

Um die Hortensie im Staudenbeet neben dem Erdkeller wäre es schade. Den Stock hatten ihr die Kinder vor vielen Jahren zum Muttertag geschenkt. Sie hoffte, dass doch wenigstens sie dort bleiben durfte.

»Sie müssen ein bisschen Geduld mit sich haben«, hatte der Doktor zu ihr gesagt, als sie sich beklagt hatte, dass ihr in letzter Zeit immer öfter etwas aus der Hand fiel oder sonst ein Missgeschick passierte. »Für Ihr Alter sind Sie doch noch erstaunlich fit.« Da war er schon wieder, der verhasste Hinweis auf »Ihr Alter«. Die Leute glaubten offenbar, sie wären etwas Besseres, wenn sie ein paar Jahre oder, zugegeben, ein paar Jahrzehnte jünger waren. So wie sich Leute mit Geld für etwas Besseres hielten. Das Schlimmste war, dass sie sich dagegen nicht wehren konnte, es kam ja als Kompliment daher. »Für Ihr Alter sind Sie doch noch erstaunlich fit.«

Ja, und nicht komplett verblödet, hätte sie gern geantwortet. Geduld war wirklich nicht gerade ihre Stärke. Besonders geduldig war sie nie gewesen, auch mit den Kindern nicht, leider. Es hatte aber doch immer alles schnell gehen müssen, oder etwa nicht?

Der Nebel war schuld. Der Nebel war durch jedes Schlüsselloch, durch jede Ritze gesickert. Wie sollte man einen klaren Gedanken fassen, wenn die ganze Welt benebelt war?

Der Weg ins Badezimmer kam ihr weit vor. Sie putzte sich gründlich die Zähne. Noch immer konnte sie jeden Tag die scharfe Frische und den Pfefferminzgeschmack der Zahncreme genießen. Es hatte eine Zeit gegeben, da hatte sie sich mit einem Hollerzweig die Zähne geputzt, das hatte sie nicht vergessen.

Als sie von der Toilette aufstehen wollte, gelang es ihr nicht. Vergeblich ruderte sie mit den Armen, versuchte sich seitlich an der Wand abzustützen, drückte beide Füße fest gegen den Boden, presste die Ellbogen auf ihre Knie – umsonst. Schließlich blieb ihr nichts übrig, als nach Martha zu rufen.

»Martha!«

Sie war doch nicht weggegangen? Ein neuer Versuch war ebenso vergeblich. Johannas Steiß landete hart auf der Klobrille, ein scharfer Schmerz trieb ihr Tränen in die Augen.

Martha fragte nicht einmal, was passiert war. Sie bückte sich, packte Johanna unter den Achseln, zog sie hoch. »Glaubst du, dass du stehen kannst? Leg mir die Arme um den Hals.«

Es war so schrecklich beschämend, mit nacktem Hintern vor der Tochter zu stehen, die tat, als wäre es nichts Besonderes, die Spülung zu ziehen, sie ins Badezimmer zu führen, sie zu waschen.

Bald darauf saßen sie vor zwei Teebechern im Wohnzimmer. »Bist du ganz sicher, dass dir nichts wehtut? Soll ich nicht doch den Doktor holen?«

»Ganz sicher.«

Martha organisierte einen Installateur, der tags darauf einen neuen, höheren Toilettensitz montierte und zwei Haltegriffe.

»Das zahlt sich doch nicht mehr aus, das ist doch rausgeschmissenes Geld«, protestierte Johanna, worauf Martha wütend aus dem Zimmer lief und die Tür zuknallte.

Thomas kam auf dem Weg zu einer Probe vorbei, bedauerte, dass er nur fünf Minuten bleiben könne und nahm Johanna das Versprechen ab, zum Arzt zu gehen, falls es nötig wurde. Kurz danach tauchte Bärbel auf mit einem Topf ihrer berühmten Hühnersuppe, ihrem Wundermittel gegen alle Krankheiten der Welt und alle Wechselfälle des Lebens. Jakob brachte einen langen Lederriemen, den sollte sie an der Türklinke festmachen, daran könne sie sich vorläufig hochziehen, bis er eine bessere Lösung gefunden habe.

Johanna schloss die Augen. Fast hätte sie gesagt, wenn ihr morgen kommt, könnt ihr sehen, wie ich den neuen Thron besteige. Sagte sie natürlich nicht. Sehr lieb, vielen Dank, aber sie wäre jetzt wirklich ein bisschen müde, und wenn es niemanden störe, würde sie sich gern hinlegen. Eigentlich wollte sie nur in Ruhe gelassen werden, ihre Ruhe wollte sie, bitte schön, nur ihre Ruhe. Und wenn das ungerecht und undankbar war von ihr, dann war sie eben ungerecht und undankbar.

Am nächsten Morgen kam der Doktor, er habe zufällig in der Gegend zu tun gehabt und nur schnell vorbeischauen wollen, log er. Natürlich hatte Martha ihn angerufen, das verriet ihr schuldbewusstes Gesicht, als sie hinter ihm ins Schlafzimmer trat. Der Doktor horchte Johanna ab, schaute in ihren Hals, ließ sie »ah« und »oh« sagen, prüfte ihren Blutdruck, drückte

an ihren Beinen herum und stellte wieder einmal fest, dass
sie erstaunlich fit war.

»Für mein Alter«, ergänzte sie seinen Satz. Einen Moment
lang blickte er verständnislos, dann kapierte er offenbar und
grinste verlegen. Sie habe ja recht, aber diese Schwindel-
anfälle seien rechte Luder, es sei teuflisch schwer, sie in den
Griff zu bekommen, er müsse sie doch bitten, vorsichtig zu
sein, sich nicht zu viel zuzumuten, gelegentlich wenigstens
auf die Tochter zu hören …

»Jajaja«, unterbrach sie ihn. Er war schon in Ordnung. Er
wusste, dass sie wusste, dass es zu Ende ging, nicht heute,
nicht morgen, aber lange dauern würde es nicht mehr. Und
dass er nichts dagegen tun konnte.

Er stand auf. »Trinken nicht vergessen!«

»Nach Mariazell wäre ich gern noch einmal gefahren«,
sagte sie.

Martha begleitete ihn hinaus. Was hatten sie so lange im
Vorhaus zu reden?

Martha besorgte einen Sitz für die Badewanne, Johanna
betrachtete das Gestell aus Metall und Gurten voller Abscheu
und wollte durchaus nicht in diese Kinderschaukel steigen,
schließlich gab sie klein bei, mit zusammengepressten Lippen.
Dann fand sie es überraschend bequem, darin zu sitzen. Sie
wackelte mit den Füßen, spreizte die Zehen, Schaumbläs-
chen flogen auf, das Wasser war angenehm warm. Martha
legte ihr das angewärmte Badetuch, dann die Arme um die
Schultern und machte das Aussteigen leicht. »Schau, Mama,
jetzt tanzen wir Walzer!«

Alt werden musste sie, um ihrer Tochter so nahe zu
kommen. Sie staunte darüber, dass sie sich daran gewöhnte,
Hilfe anzunehmen, wunderte sich, dass es gar nicht so

schlimm war, gewaschen zu werden. Es tat sogar gut zu
wissen, dass ein Arm bereit war zuzupacken, wenn sie vom
Bett zum Sessel ging, und eine Hand, wenn es schwierig war,
das Ärmelloch zu finden oder wenn sich die Knöpfe an der
Jacke nicht schließen ließen.

Noch bestand sie darauf, sich zum Frühstück anzuziehen.
Dann saß sie erschöpft mit hoch gelagerten Beinen in dem
bequemen Sessel auf der Veranda. Martha fragte, ob sie den
Fernseher einschalten sollte oder die Zeitung bringen.

»Nichts brauche ich. Gar nichts.«

Manchmal fanden Johannas Finger eine Fluse oder ein
Knötchen in der weichen Decke auf ihren Knien. Sie schaute
den auf und ab wehenden Zweigen vor dem Fenster zu. Hin
und wieder trieb ein Blatt vorbei.

Martha wischte Staub, goss die Pflanzen auf der Veranda,
zwickte Vertrocknetes ab, besprühte die Blätter. »Woran
denkst du, Mama?«

»An nichts. Ich schau nur.«

Eigentlich schaute sie gar nicht.

Von dem ganzen Gewimmel, das ihr oft zu viel geworden
war, war nichts übrig geblieben als eine drückende Leere.

Kauen war plötzlich Arbeit geworden, Johanna zwang sich
zu essen, Martha zuliebe, die sich große Mühe machte und
nur Dinge kochte, die Johanna immer gerngehabt hatte.
Der Duft stieg ihr verlockend in die Nase, aber jeder Bissen
wuchs in ihrem Mund und das Schlucken fiel ihr schwer.
Die Mundhöhle war ohnehin ausgefüllt von ihrer Zunge, die
immer rauer wurde und immer mehr Platz beanspruchte.

»Trink einen Schluck!«

Jeden Tag kam jemand aus der Familie zu Besuch, immer
dieselben Fragen, »Mama, wie geht's dir«, oft wusste sie

nicht genau, wer sich gerade über sie beugte, ständig musste Martha Kaffee kochen, Tee kochen, Kekse auf den Tisch stellen, Hollersaft aus dem Keller holen. »Vielleicht lieber ein Bier oder ein Achterl?«

Manchmal drehte sich Johanna zur Wand, einmal sagte sie sogar: »Jetzt könnt ihr gehen, so schnell sterbe ich nicht.« Martha hielt sich erschrocken die Hand vor den Mund, von den anderen hatte es offenbar niemand verstanden, sie plauderten weiter.

Der Sturm hatte mit einem seltsamen Heulen begonnen, alle hatten geglaubt, es wäre eine Sirene gewesen, da wandelte sich das Heulen zu einem hohen Pfeifton, der aus allen Richtungen gleichzeitig zu kommen schien, die Bäume schwankten, die Fenster ratterten, etwas Schweres schlug krachend zu Boden.

Martha lief zum Fenster, kam zurück, half Johanna aus dem Sessel. »Mama, das musst du dir anschauen!«

So plötzlich, wie er begonnen hatte, legte sich der Sturm, hatte offenbar den Nebel weggerissen.

Hoch oben rasten Wolken in einer wilden Verfolgungsjagd hinter dunkleren Wolken her, in der Senke zwischen den Hügeln flammte ein dunkles Rot von einer nie gesehenen Leuchtkraft auf, schoss glühenden Zungen gleich auf immer weitere Flächen des Himmels, während dort, wo es begonnen hatte, ein Teich aus geschmolzenem Gold die Augen blendete.

Johanna schnappte nach Luft.

Martha legte ihr einen Arm um die Schulter. »Bist du sicher, dass dir nicht zu kalt ist, Mama?«

Sie standen und schauten, während das Rot ins Violett wechselte, dann in ein helles Rosarot, und schließlich von Orange in Gelb verblasste.

Jakob erzählte von umgestürzten Bäumen, blockierten Straßen und Feuerwehreinsätzen.

Leonhard und Susi kamen. Er war voll Zuversicht. Im Frühling dürfe er sicher wieder Autofahren, dann würden sie gemeinsam Theres und vielleicht auch Mariazell besuchen. Solange sie da waren, war Johanna beinahe bereit, an die Möglichkeit zu glauben.

Martha richtete das Abendessen, stellte einen Becher Kräutertee vor Johanna. »Du weißt doch, der Doktor hat gesagt, du musst mehr trinken.«

Gruß aus Mariazell stand auf dem Becher.

»Da komm ich eh nicht mehr hin«, sagte Johanna.

In diesem Augenblick steckte Sophie den Kopf in die Küche. »Wohin kommst du nicht mehr?«

»Nirgends hin«

Sophie umarmte Johanna. »Wie schön, es geht dir wieder viel besser. Wenn du nirgends nicht hinkommst, kommst du überall hin. Das ist gut. Ich muss dich sowieso was fragen.«

»Du wirst gleich eine fangen!«

Sophie setzte sich neben Johanna. »Du hast gesagt, dass du nie mit jemandem tauschen wolltest, stimmt das?«

»Ja.«

»Warum nicht?«

»Dann ... wäre ich ja nicht ich.« Sie konnte doch nicht sagen, dann hätte ich euch nicht, dich und Jakob, dann wäre ich nicht deine Großmutter.

»Warst du immer gern du?«

»Meistens immer. Schon.«

»Wann nicht?«

»Wenn ich ... gelöchert worden bin mit Fragen, auf die ich keine Antwort weiß!«

Sophie drehte ihre Nasenspitze zwischen Daumen und Zeigefinger hin und her. »Es ist nur … ich möchte so gern …« Plötzlich schwammen ihre Augen.

Johanna nahm Sophies Hand. »Der alte Pürklvater hat gesagt, man soll nie ein Mädel Sophie nennen. Sophia heißt nämlich Weisheit, und wenn eine schon Weisheit heißt, dann wird man immer Schwierigkeiten haben mit ihr. Weil sie alles wird besser wissen wollen. Dann haben sie seine Enkelin Anna getauft.«

Sophie fing an zu lachen. Wie schön ihre Zähne waren.

»Also ich glaube, Fragen sind wichtig, und die wichtigsten überhaupt sind wahrscheinlich sowieso die, auf die es keine Antwort gibt, oder? Und gerade darum muss ich doch dich fragen! Die Ines hat gesagt, ich weiß gar nicht, was für ein Glück ich hab mit einer Großmutter, auf die ich so stolz sein kann, dass ich mich nicht vor dem Altwerden fürchten muss.«

»Und wer ist diese Ines?« Johanna wunderte sich, wie kratzig ihre Stimme klang.

»Meine beste Freundin.«

Martha hatte inzwischen die Küche in Ordnung gebracht, immer wieder besorgte Blicke auf ihre Mutter geworfen, die Johanna ignoriert hatte. Jetzt sagte sie: »Es war ein langer Tag, und du sollst dich nicht überanstrengen.«

Was für ein Glück ich hab mit einer Großmutter, auf die ich so stolz sein kann. Der Satz begleitete Johanna in den Schlaf, war ihr erster Gedanke am Morgen. Ein Satz, an dem sie sich festhalten konnte.

Sie atmete tief ein, spürte die Luft in ihre Lungen strömen, ihren Brustkorb weiten, hatte das Gefühl, dass sie größer wurde, leichter, schwebend, ganz und gar erfüllt von einer großen Dankbarkeit.

Was für ein Glück ich hab. Eine Enkelin, die stolz ist auf mich.

Sie sagte den Satz dreimal vor sich hin wie eine Beschwörung. Wenn das komisch war, dann war sie eben komisch. In ihrem Alter hatte sie das Recht, komisch zu sein.

Sophie und ihre Fragen. Und wie sie zugehört hatte. Da war doch etwas Wichtiges gewesen, das Johanna ihr hätte sagen müssen, etwas ganz Entscheidendes, der Gedanke war ihr immer wieder entglitten, so sehr sie sich bemüht hatte, darüber war sie eingeschlafen, hatte zum ersten Mal seit langer Zeit eine Nacht durchgeschlafen und war erst aufgewacht, als Martha sich über sie gebeugt hatte.

Bei seinem nächsten Hausbesuch schleppte der Doktor ein EKG-Gerät an.

»Wozu soll denn das gut sein?«, fragte Johanna. Es zeige an, ob ihr Herz stark und regelmäßig schlage. Sie unterbrach ihn. »Das heißt, Sie sind nicht zufrieden.« Ganz so würde er das nicht sagen, ihr Puls sei halt ein bisschen schwach ... Sie legte dem Arzt die Hand auf den Arm. »Machen Sie sich keine Mühe. Ich vertrage die Wahrheit, und sie«, sie zeigte auf Martha, »sie verträgt die Wahrheit auch.«

»Das glaub ich«, sagte der Arzt. Er wirkte verlegen.

»Ins Spital will ich nicht, ist das klar? Und ich will nicht an Schläuchen hängen. Ich hab ein gutes Leben gehabt, und so will ich auch sterben.«

»Das wollen wir alle«, sagte der Arzt. »Ich kann nur versprechen, dass wir keine künstlich lebensverlängernden Maßnahmen ergreifen.«

»Das reicht mir schon. Schauen Sie nicht so traurig.«

»Darf ich jetzt das EKG machen?«

»Bitte, gerne.« Sie mochte den konzentrierten Blick, mit dem er die Gummiplättchen auf ihrer Haut aufsetzte.

Er breitete den endlos langen Papierstreifen mit dem Zackenmuster vor Martha aus, zeigte auf eine Spitze hier und eine Spitze dort, und Martha folgte seinem Finger, als wüsste sie genau, worum es ging.

»Trinken nicht vergessen!«, mahnte er Johanna zum Abschied wieder. »Es darf gern auch ein Achtel Wein sein.«

Wenn sie mit einem Ohr auf dem Polster lag, hörte sie ihr Herz schlagen, manchmal laut, manchmal nur als fernes Pochen. Hin und wieder meinte sie einen Stich in der Brust zu fühlen, das kam wohl davon, dass sie es nicht gewöhnt war, in sich hineinzuhorchen.

Sie liegt auf dem Bett, aber es ist nicht ihr Bett im Haus ihrer Tochter, auch nicht ihr Ehebett, es ist ihr Bett in der Kammer im Wirtshaus, sie ist eben zurückgekommen von ihrem Besuch bei der Ziehmutter, Peter steht neben dem Bett, er schaut herunter auf sie, auf diesen Bauch, der von Tag zu Tag größer wird, mit seinen großen Händen streicht er behutsam über ihren Bauch, schiebt ihr Kleid hoch, kniet nieder neben ihrem Bett, legt seine Wange an ihren Bauch. Seine Bartstoppeln kitzeln sie, sie kichert.

Gerade hätte sie beinahe geglaubt, Peter wäre hier im Zimmer gewesen, zum Greifen nah. Und es war doch so lange her.

Manchmal hatte sie das Gefühl, dass der Tod im Zimmer stand, in der Nische zwischen Schrank und Vorhang, stand einfach da, wollte nichts von ihr, noch nicht, war nicht bedrohlich, hatte vielleicht gerade nichts Besseres zu tun als dazustehen. Sie gewöhnte sich an ihn.

Was ihr gestern noch leichtgefallen war, forderte heute alle Kraft, die sie aufbringen konnte. Nach den wenigen Schritten vom Bett zum Lehnsessel rang sie nach Luft. Martha machte sich Sorgen, dass das tägliche Bad sie zu sehr erschöpfte, aber sie bestand darauf, ihrer Haut tat das Wasser gut.

Als die Nachbarin aus dem Dorf frische Eier für sie brachte, bekam Johanna Lust auf ein weiches Ei. Martha strahlte, weil Johanna endlich wieder Appetit zeigte, und lief sofort in die Küche, natürlich musste sich Johanna Eidotter auf die Bluse patzen, die drei Frauen lachten, bis ihnen Tränen über die Wangen liefen.

Martha sorgte dafür, dass nie mehr als zwei Besucher gleichzeitig bei ihr waren. Johanna sprach nur mehr wenig, bat aber manchmal: »Erzählt mir was.« Wenn eines ihrer Kinder oder Enkelkinder von gemeinsamen Erlebnissen oben im Dorf erzählte, hörte sie aufmerksam zu, lächelte, runzelte hin und wieder die Stirn.

Sooft die Tür aufging, hob Johanna den Kopf. Sophie trat ein, nahm Johannas rechten Fuß in beide Hände, dann den linken, cremte sorgfältig Zehe um Zehe ein, dann die Fußsohlen, zuletzt die Fersen, dann setzte sie sich neben ihre Großmutter.

»Du hast aber kalte Hände.«

Nichts auf der Welt konnte so guttun wie der leichte Druck von Sophies kleiner Hand. Johanna schloss die Augen, überließ sich für kurze Zeit der Müdigkeit, gegen die sie so oft angekämpft hatte. Sophie begann zu singen, Johanna verstand kein Wort, doch darauf kam es nicht an. Ein Wiegenlied musste das sein, ein schönes, trauriges Wiegenlied. Sie hatte gar nicht gewusst, dass ihre Enkelin so gut singen konnte, aber auch darauf kam es nicht an, es war einfach wunderbar, sie würde sich kurz ausruhen und dann würde ihr einfallen, was sie Sophie unbedingt hatte sagen wollen.

Als sie aufwachte, war alles finster. Auch unter dem Türspalt schimmerte kein Licht durch. Die Kirchturmuhr schlug dreimal. Drei Uhr früh. In drei Stunden würde Martha aufstehen, auf Zehenspitzen ins Zimmer kommen und nach ihr sehen. Martha hatte heute wieder besonders erschöpft ausgesehen. Diese Besuche waren zu viel für sie.

Morgen musste Jakob einen schönen Blumenstrauß für sie besorgen, Johanna durfte nicht vergessen, ihm das Geld dafür zu geben. Sie knipste die Lampe auf ihrem Nachttisch an, holte ihre Geldtasche aus der Lade, zog einen Schein heraus und legte ihn so, dass sie ihn morgen unmöglich übersehen konnte.

Die kleine Sophie lachte von ihrem Foto. *FÜR DIE BESTE OMA AUF DER KANZEN WELT.* Eigentlich sollten alle Enkelkinder da stehen. Aber dann wäre nicht einmal mehr Platz für die Lampe, für ein Wasserglas und die Zahnprothese.

Johannas Rücken tat weh, sie drehte sich auf die Seite, hatte plötzlich ein Ziehen in den Armen und im Bauch. Langsam tief atmen, sagte sie sich, langsam, ganz langsam. Der Schmerz ließ nach, sie hatte nur das Gefühl, dass ihre Füße sich immer weiter von ihr entfernten, womit sollte sie gehen, wenn doch die Füße so weit weg waren? Der leichte Schwindel verging, wenn sie den Kopf nicht bewegte. Müde war sie, sehr müde.

Als Martha um sechs Uhr auf Zehenspitzen in ihr Zimmer trat, lag Johanna kerzengerade in ihrem Bett, sie schien zu lächeln, ihr Gesicht war völlig entspannt, auch ihre Hände, die Finger leicht ausgebreitet.

Martha steckte ihr die Zahnprothese in den Mund, Johanna hätte nicht gewollt, dass man sie zahnlos sah.

»Mein Beileid«, sagte der Arzt. »Ihr Herz hat einfach aufgehört zu schlagen. Sie wissen schon, dass Ihre Mutter so sterben durfte, wie sie es sich gewünscht hat?«

»Ich weiß«, sagte Martha. Sie fragte den Arzt, ob er eine Tasse Kaffee mit ihr trinken wolle, er nahm dankbar an.

»Ihre Mutter war eine besondere Frau.«

Martha nickte. Wie sehr Johanna ihr fehlen würde, wusste sie noch nicht. Sie wusste nur, dass jetzt viel für sie zu tun war, dass sie sich um die Familie kümmern musste.

Renate Welsh
Johanna
Roman

256 Seiten
978-3-7076-0722-2
Hardcover mit SU
23,– Euro

»In einer Woche würde Johanna wegfahren. Dann würde keiner mehr fragen, ob sie ehelich oder unehelich geboren war. Dann würde sie nicht mehr Johanna, das Gemeindekind, sein, sondern Johanna, die Schneiderin. Oder Johanna, die Friseurin.«

»Das wäre ja noch schöner, wenn ledige Kinder schon was wollen dürften!«, diesen Satz kann Johanna nicht vergessen. Denn eigentlich will sie eine Ausbildung machen und kommt dafür Anfang der 1930er-Jahre in ein kleines niederösterreichisches Dorf. Dort angekommen, muss sie jedoch als Magd auf einem Bauernhof arbeiten, unentgeltlich. Aber Johanna gibt nicht auf und kämpft für ihre Zukunft.
Feinfühlig und ergreifend erzählt Renate Welsh Johannas Geschichte – und zugleich vom Schicksal einer ganzen Generation.

Renate Welsh
Kieselsteine
Geschichten über eine Kindheit

120 Seiten
978-3-7076-0671-3
Hardcover mit SU
19,– Euro

Renate Welsh schreibt in »Kieselsteine« über ihre eigene Kindheit und Jugend. Zwischen Wien und Bad Aussee, innerer Freiheit und äußeren Pflichten, dem bewunderten Papa und der geschmähten Stiefmutter gewährt sie einen literarischen wie intimen Blick auf ihr nicht immer einfaches Großwerden während des Kriegs und der Jahre danach.

Ganz im Stil der Autorin geht das Erzählte jedoch über ihr Einzelschicksal hinaus. Renate Welsh hilft uns zu sehen, dass in der Kindheit der Ursprung vieler späterer Erfahrungen liegt und dass wir durch einen Blick zurück stets verstehen, wie wir zu den Menschen wurden, die wir heute sind.

Renate Welsh
In die Waagschale geworfen
Geschichten über den Widerstand gegen Hitler

104 Seiten
978-3-7076-0656-0
Hardcover mit SU
18,– Euro

Nachfolgende Generationen stellen sich oft schon als Jugendliche die Frage, was sie selbst in der Zeit des Nationalsozialismus getan hätten. Und erfahren dabei, dass die Grenze zwischen Tätern, Opfern und Mitläufern selten klar zu ziehen ist. In diesem Buch geht es jedoch um diejenigen, die eindeutig Widerstand leisteten – aus Menschlichkeit und tiefster Überzeugung.

Auch, aber nicht nur für junge Leserinnen und Leser setzt sie die Einzelschicksale in prägnanten und informativen Nachträgen in einen historischen Kontext. Unter einem Regime, das die Unmenschlichkeit zum System gemacht hat, haben diejenigen, die klar nein sagten, bewiesen, was der Mensch sein kann. Und das macht Hoffnung für die Zukunft.